帝王訣

二 江山美人

水鵬程◎著

目錄 CONTENTS

第一章

關中良相

「一明先生，你……你認識我？」王猛不解地問道。
「關中良相唯王猛，天下蒼生望謝安。
只要學過歷史的，誰人不知，誰人不曉？
沒有想到我居然會在這裏遇到王猛。
王哈哈哈，得到一個王猛，勝比十萬兵啊。」

「一明先生，你……你認識我？」王猛不解地問道。

「關中良相唯王猛，天下蒼生望謝安。只要學過歷史的，誰人不知，誰人不曉？沒有想到我居然會在這裏遇到王猛。王猛是個良相，既然是良相，必定有他的過人之處。亂世之中什麼最重要，答案是人才！王猛是個人才，還是極其重要的人才。我若想驅逐胡虜，就不得不需要多一點的人才，既然老天把王猛送到我的面前，我要是不把他搞定，讓他死心塌地地跟隨我，那就是暴殄天物了。哈哈哈，得到一個王猛，勝比十萬兵啊。」

唐一明心中細細地思量著，臉上露出微笑的表情。

「一明先生……一明先生……」

王猛見唐一明傻笑著，呆在他的面前，輕聲地喊道。

「啊！」唐一明被王猛的叫聲給拉回現實中，他忍不住心中的喜悅，激動之下，上前一步，一把抓住王猛的雙手，開心地說道：

「王先生，我唐一明能夠遇到你，是我一輩子的福氣啊。來來來，咱們快點結拜吧！」

唐一明說完這句話便轉過身子，撲通一聲跪在地上，雙眼期待地望著王猛。

王猛被唐一明給搞得暈頭轉向的，他剛與唐一明見第一面，便被唐一明拉著要結拜，他甚至連唐一明是誰都不知道，又怎麼會輕易和他結拜呢。

此刻的王猛是個懷才不遇、暫時避世的人。他本來隱居在西嶽華山，氐人和羌人發生戰爭，在關中打了起來，許多難民湧上華山。他心懷天下，記掛百姓，看到越聚越多的人，便苦勸難民和他一起離開華山，到其他地方去；難民們好不容易才到這裏，又怎麼肯輕易逃走。無奈之下，他便帶走一小部分難民，向東逃去。

王猛逃離華山不久，羌軍和氐軍在華山一帶發生戰爭，一場戰爭下來，逃到華山的難民大多被殺死。王猛一路向東，到了東嶽泰山，自己便隱居在深山老林裏，憑藉雙手，過著清貧的日子。

幾年時間裏，他親手種植了這一大片桃園。他知道，他的隱居只是暫時的，他只是在等待，在靜觀其變，坐看天下風雲。

王猛筆直地站在那裏，看著跪在地上的唐一明，道：「一明先生，你把我給弄糊塗了。在我的印象中，我們並未見過面，我又是布衣一個，你又怎麼會知道我呢？」

唐一明覺得自己太過唐突了，似王猛這樣的一個大才，他如此冒失的做法，很容易讓人對他產生疑惑。

唐一明突然想起劉備三顧茅廬的事來，又看了看王猛臉上的那股不屑，他覺得大凡大才之人，都是清高的人，自己這種做法，反而會招到他的厭惡。於是唐一明站起身子，向王猛作了一個揖，畢恭畢敬地說道：「在下冒昧之處，還望王先生多多海涵。」

王猛是個不拘小節的人，他見唐一明如此有禮，左一個王先生，右一個王先生，叫得他渾身都不自在。他出身在普通百姓人家，由於戰亂，他跟隨家人顛沛流離，家裏更是一貧如洗。為了糊口，他年紀輕輕便以販賣畚箕為業。

王猛沒有被烽火硝煙吞噬，沒有被生活重擔壓垮。在兵荒馬亂中，他觀察風雲變幻；在淒風苦雨中，他手不釋卷，刻苦學習，廣泛汲取各種知識，特別是在軍事兵法上的知識，慢慢地，他成為一個謹嚴莊重、深沉剛毅、胸懷大志、氣度非凡的人。也逐漸養成了他現在的性格，與雞毛蒜皮的瑣細之事絕緣，更不屑於同塵垢秕糠的人打交道。

王猛將唐一明扶起來，說道：「一明先生不必如此，我也不是什麼先生，只是一介布衣罷了，先生叫我景略便可。」

唐一明道：「其實我也不是什麼先生，你也不必叫我先生，就叫我的名字就可以了。王先……哦，不，是景略才對。景略兄獨自一人久居此山中，可是為了觀測天下之變，以求明主嗎？」

王猛聽了，心頭一怔，自己隱居的目的竟然被唐一明一語道破，不禁對唐一明產生欽佩之心。他處變不驚，臉上沒有露出半點吃驚的表情，反而淡淡地說道：「我只不過是個山野村夫，隱居於此，只求避禍而已。」

「唉！如今天下大亂，民不聊生，到處都是烽煙戰火。胡虜肆虐，橫行無忌，屠殺百姓無數，身為大丈夫，如果不能在這樣的亂世裏解救百姓於水火，驅逐胡虜於塞外，又怎麼能稱得上是大丈夫呢？避禍避禍，難道避世隱居，天下就能不禍了嗎？」

王猛聽到唐一明此番話語，突然覺得眼前這個人讓他刮目相看。初次見到唐一明時，他只覺得唐一明是個孔武有力，身軀精壯的武夫，卻不曾想唐一明的這番話裏是對天下百姓的感慨，也是對他的譏諷。

「避禍避禍，難道避世隱居，天下就能不禍了嗎？」

王猛細細地品味著話中的道理，心中湧起萬千感慨，心中的抱負一下子被唐一明的話所打開。

王猛向唐一明拜了拜，說道：「當此之時，胡虜強而漢人弱，北方盡為胡虜所占，南方晉朝又遲遲不肯北伐，如若不避禍於山野，請問一明兄，可有何方略擊破胡虜，拯救天下蒼生？」

唐一明侃侃而談道：「胡虜猖狂，追根究底，乃是漢人不和導致，如若所有的漢人團結在一起，一致對外，那胡虜就算再怎麼野蠻，也不是我們千千萬萬漢人的對手。當年劉邦建立大漢朝的時候，北方匈奴也是如此猖狂，大漢朝隱忍幾十年，最後終於在漢武帝時發動了對匈奴的全面戰爭，一舉廓清了匈奴勢力，這就是漢人團結的實例！」

「此一時，彼一時，不可同日而語。」

「團結就是力量，這力量是鐵，這力量是鋼，比鐵還硬，比剛還強；只要我們能團結在一起，一同抵禦外敵，還有什麼事情是辦不到的呢？」

「要想團結在一起，恐怕不是那麼簡單的事，百姓與官府，這其中的利害關係，不是一般人能解決的；內部互相矛盾，又怎麼能夠對付外敵呢？」

「百姓是天下的根本，只要得到民心，自然就能得到天下；官府就如同一條大船一樣，行走在百姓組成的水流之中，水能載舟，亦能覆舟，天下是百姓的天下，江山卻是帝王的，如果能有一個時時為百姓著想的好帝王，試問景略兄，官府和百姓之間還會有矛盾嗎？一旦矛盾解除，天下百姓同心同德，一致對外，胡虜又怎麼能入主中原呢？」

簡單的幾句談話，唐一明的每句回答，都讓王猛另眼相看，更深深地觸動了王猛的內心。王猛看到眼前這個身高七尺、皮膚黝黑的漢子，忽然覺得唐一明不是個簡單的人，更覺得唐一明日後會有一番作為。

他的臉上露出了喜悅的表情，十分誠懇地對唐一明說道：「一明兄，可否到舍下一敘？」

唐一明見王猛十分誠懇地邀請他，他正好也想和王猛多聊聊，便點了點頭。

王猛伸出一隻手，打了個手勢，同時說道：「一明兄，請！」

唐一明隨王猛走進他的木屋，王猛將他領到一張小桌前，桌子下面鋪著一張草席，兩人便席地而坐。

他看了看四周，見木屋內的擺設十分簡單，除了一張大床、一張桌子和一堆竹簡、書籍之外，別無它物。

他朝王猛拱手道：「景略兄身懷王佐之才，在此隱居實在可惜，不知道景略兄可否有出山的打算？」

「山野村夫一個，何來的王佐之才？一明兄高抬王某了。」王猛盤坐在席上，一隻手放在膝蓋上，另一隻手則在身上撓著癢。

唐一明見王猛把右手伸到背後，似乎是在抓癢，但是神態自若，旁若無人，與他傳統印象中在電視上見到的清雅文人一點都不同。在他看來，王猛的舉止十分率性自然，比起那些虛偽的君子來說，要好上千倍萬倍。

「景略兄太過謙虛了，別人不知道，我還不知道嗎？景略兄日後位極人臣，功不可沒，名垂千古，乃是大大的賢人啊！」唐一明緩緩說道。

王猛見他如此誇讚自己，也不謙虛，拱手道：「我恰才聽一明兄對亂世有獨到的見解，不知道一明兄對當今亂世有何看法？」

「亂世的來臨，誰也無法阻擋，唯一的辦法莫過於結束這段亂世。景略兄是大才之人，不知道可有好的方法來結束亂世？」唐一明反問道。

「驅逐胡虜，還我漢人江山，將天下統一。」王猛將心中所想脫口而出。

「呵呵，就算是驅逐了胡虜，又或是殺盡胡虜，那又如何？天下一統之後，真的就能夠結束亂世嗎？」唐一明反問道。

「那依一明兄之見，又當如何結束亂世？」王猛聽唐一明話中有話，便拱手問道。

「秦、漢、晉，都是漢人的天下，統一之後又能如何？不也是沒有能阻止亂世的來臨嗎？結束亂世的根本不在於胡與漢，更不在於江山和帝王，而是在於百姓。」

「百姓？一明兄的意思是『民為貴，社稷次之，君為輕』？」

唐一明聽到王猛說起「民貴君輕」的話，很符合他心中所想，便點點頭，緩緩地說道：「縱觀歷史，各朝各代所依存的根本乃是百姓；只要百姓能過上好日子了，都是一番欣欣向榮的氣象，誰又會願意去經受亂世呢？」

王猛眉頭一緊：「一明兄原來深研孔孟之道，難怪會有此番見地。只是，孟子的話雖然很有道理，若沒有一個強權控制著，百姓豈不是亂成一團？」

「景略兄，我並非反對強權，要想在亂世擁有一席之地，從而結束亂世，強權和軍隊都是必要的，如果沒有強權和軍隊，只憑著一張嘴去和胡虜辯論，只怕剛一張嘴，便會迎來胡虜無情的箭矢。我的意思是，提倡法治，廢除人治，施行三權分立。」

「三權分立？怎樣的三權分立？」

王猛頭一次聽到這樣的名詞，心中疑惑不解，便問了出來。

「三權分立，也叫三權分治，分權的目的在於避免獨裁者的產生，皇帝以至地方官員均集立法、行政、司法三大權於一身，容易造成權力的濫用，其用意便是立法權、行政權和司法權相互獨立、互相制衡。」唐一明朗朗地說道。

王猛聽完，大吃一驚，用十分好奇的目光看著唐一明，他萬萬沒有想到唐一明能說出如此精闢的話。

在他心裏，他一直以為皇權是至高無上的，對唐一明如此顛覆的說法，吃驚之下又細細品味，覺得唐一明說得確實在理。暴君和昏君的出現，就是因為權力太過集中，他曾經流覽過法家的典籍，在這些典籍中，從未看到過此類學說，此時聽到唐一明的話，突然感到眼前一亮。

「呵呵，一明兄果然是才華橫溢，不僅通曉孔孟之道，對法家思想也是如此精通，實在令王某佩服。一明兄提出的這三權分立，實在是令在下驚為天人，王某不才，甘願聆聽一明兄教誨。」王猛向唐一明拱手道。

唐一明見王猛被他的話給震懵了，還要聆聽他的教誨，心裏想道：「老子用超越千年的智慧來說服你一個古代的人，不把你給震懵才怪！既然你要聽我講，那我就講給你聽，要是不把你給搞定，他日你一出山，去幫助別人，那可就大大不妙了。」

唐一明想到這裏，便打開話匣子，和王猛侃侃而談，說了許多現代的理論。他從微末的小事聊到天下大勢，又從屋內聊到屋外，兩人樂此不疲地交談著，不知不覺天色便黑了下來。

皎潔的月光下，唐一明和王猛坐在小溪邊，仍然停不下來。

王猛隱居多年，第一次和別人聊得如此酣暢淋漓，加上唐一明有著超越千年的知識，用現代的方法來解析古代的論點，讓王猛聽了大有裨益。

唐一明想法設法要使王猛對他產生好印象，便旁徵博引，但凡歷史上憂國憂民的名人，他們說的名言都被他引用了出來，加上他對朝代興衰的獨特見解，很快便打動了王猛的心。

長達好幾個小時的高談闊論，一個古人，一個現代人，兩種思想的碰撞，產生了無比絢麗的火花，使得這兩個本不該出現在同一時代的人，硬生生地交會在一起。

酒逢知己千杯少，茶逢知己一杯醉，說話要是遇到投機的人，兩人都不覺得累，也不覺得餓。

第二天早上，唐一明和王猛還在木屋中的草席上熟睡，便隱約聽見屋外有人在喊叫著。

「將軍……唐將軍……」

唐一明昨晚和王猛聊得太過投機了，便留在他的木屋裏休息。朦朧中聽見有人在外面喊他，緩緩睜開眼睛，看到王猛還在熟睡，打著鼾聲，便輕手輕腳走了出去。

「將軍……」

唐一明急忙走出木屋。看見黃二隻身一人站在門外，便伸出手指放在嘴邊，作勢要他不要吵醒了屋中的王猛。

黃二見了，不再說話，但是臉上卻顯得很是慌張，唐一明小聲問道：「你神色如此慌張，是不是出什麼事了？」

黃二也小聲回道：「將軍，胡燕派人回報，王凱、李國柱帶著近十萬的民眾和士兵從鄴城歸來，順利地渡過黃河……」

「太好了，王凱、李國柱果然沒有辜負我的厚望，他們現在在哪裡？」唐一明聽到，十分興奮地道。

黃二報告道：「將軍，他們在渡濟水的時候被胡虜的騎兵追趕，胡燕留下作戰了，他派人回來，讓將軍帶部隊迅速支援。」

「啊？你怎麼不早說？快！快下山，集結隊伍！」唐一明急忙說道。

唐一明立即集合所有能打仗的士兵，一共兩千多人，幾乎是全部出動，他們一路狂奔，很快便看到那條貫穿東西的濟水。

濟水北岸，身著青銅色的騎兵隊伍不斷用手中的弓箭射殺著一個個驚慌失措的民眾，正是段離的部隊。

一些衣衫襤褸的難民奮不顧身地跳入洶湧的濟水河中，拼了命地向前游著，試圖穿越濟水，有的人幸運地游到對岸，有的人則在河中被洶湧的河水沖走。

眼看著後面的追兵到了，原本還在猶豫的民眾也縱身跳入洶湧的河水中，他們忘了自己根本不會游泳，濟水裏一個水浪翻滾，許多人剛剛跳入河中就失去了身影。

那些順利游到對岸的人，見自己的親人在水中掙扎或是消失在河流中，痛不欲生地吼叫著，有的人跳入河中想去找回丟失的親人，卻因為體力不支，也消失在河面上。

唐一明帶著部隊很快來到河邊，看到如此情景，臉色變得陰沉下來，馬上下令讓所有士兵前去營救。

趙全帶著一千名精通水性的士兵率先下馬，然後跳入洶湧的濟水中，搶救著一個個快要支撐不住的難民。另外不會水的士兵則用手中的長戟將即將游到岸的難民給拉了上來。

與此同時，唐一明看到對岸段離的騎兵亂作一團，鮮卑騎兵的最中央，段氏將一支數百人的魏軍部隊給包圍了，正在和士兵們展開廝殺。

「將軍，你看，是胡燕！」

黃大騎在馬背上，指著對岸一個拿著長戟的漢子大聲地叫道。

「船呢？趙全，你他娘的把船埋在哪裡了？趙全！趙全！」唐一明發出撕心裂肺的吼叫聲。

他突然想到自己在過濟水的時候，曾經把一百艘船隻埋在河岸邊。然而趙全此時在河水中救人，夾著潺潺的河水聲，他怎麼能聽得見唐一明在岸邊的呼喊？

「將軍，趙都尉帶著人跳進河水中去救人了！」黃大急忙說道。

「將軍，船在這裏！」一個剛上岸的士兵拖著一個難民叫道。

那個士兵將難民放到地上，然後快速跑到離他不遠的河岸上，拿起丟棄在地上的長戟便挖出來一艘船的一個角。

「快去把船挖出來，渡河殲滅那些王八羔子！」

唐一明急忙跑過去，用長戟開始挖著河岸上埋著的船。

不多時，一千士兵便把一百艘可容納下十幾個人的小船給挖了出來，迅速推入河中，讓趙全等人撐船到對岸，護送老百姓過河。唐一明和手下的一千士兵，則率先從南岸渡到北岸，然後迅速結陣，開始對段離的騎兵發動強烈的衝擊。

唐一明順利地渡過濟水，看到士兵和百姓中夾雜著大批的美女，在北岸的平原上到處奔跑，躲避著後面追擊的胡虜。

「奶奶的，這些臭胡虜！」

黃大剛一上岸，便看見一名美女被胡虜搶到馬背上，便將手中的長戟扔了出去，恨恨地說道。

扔出的長戟直接插在一名胡虜騎兵的身上，那名胡虜從馬上掉了下來，美女也一起摔了下來。

黃大急忙跑過去，把那名美女給扶了起來，順便拔出插在那名胡虜身上的長戟，大聲問道：「姑娘，你沒有事吧？」

美女臉上驚魂未定，只是不住地搖頭，卻說不出話來。

唐一明見到那些胡虜還在不斷地搶著美女，便對士兵喊道：「兄弟們，表現咱們英雄氣概的時候到了！保護這些美女安全過河，給我衝！」

士兵們見黃大救了一名美女，心癢不已，一聽到唐一明的話，便各自朝紛亂的胡虜騎兵衝了過去。不少美女被趙全等解救，運送到了對岸。河岸邊的一千多名胡虜盡皆被殺。

胡燕、李國柱在戰陣中看到唐一明帶著士兵衝了過來，士氣立刻高漲起來。

「唐將軍來了！唐將軍來救我們來了，兄弟們衝出去，殺光那些胡虜！」李國柱叫道。

被圍住的幾百名士兵聽到李國柱的叫聲，同時喊出「殺！殺！殺！」的聲音，不約而同地持著盾牌，握著長戟，向四面八方衝了出去。

戰場上，兩翼的士兵盡皆被殺，兩邊的胡虜也開始向中間圍了過來，瞬間和唐一明等人混戰在一起。

此時，從東北面來了一撥騎兵，那撥騎兵大概有一兩千人，在「段」字的大旗下，段離披著銀甲，帶著那兩千騎兵迅速地衝了過來。但是，他停在三里外的平地上，並不向前進攻。

段離騎在馬上，看到濟水北岸混戰的局面，許多百姓在爭著搶渡黃河，見戰場中央一個身穿乞活軍衣服的人，便道：「金先生，怎麼又是這支部隊？你不是說他們向南去了嗎？怎麼又回來了？」

金先生策馬來到段離身邊，向前一望，果然看見在戰場上活躍著的乞活軍士兵，巧妙地回道：「少主，你看見的是乞活軍沒錯，可是和咱們前天看到的並不是同一支隊伍。前天咱們見到的都是拿著盾牌和長戟的乞活軍，可這會兒卻只見他們拿著長戟，沒有盾牌。乞活軍支派繁多，所以並不能相提並論。」

段離將信將疑，看到戰場上穿著乞活軍衣服的人果然沒有一個人帶盾牌，便對身後的兩千騎兵說道：「勇士們，屠殺他們的時刻到了，只要消滅了這支部隊，那些百姓的財物和那些美女就都是你們的了。給我殺過去！」

段離話音一落，身後兩千弓騎兵便迅速衝了過去。

段離騎馬站在大旗下面，觀察著戰場。金先生眉頭緊鎖，緊盯著戰場，似乎在為那支漢人軍隊擔心。

唐一明等人本來快將這些騎兵殺退了，忽然看見又來了兩千騎兵，便對正在身邊廝殺的黃大說道：「你負責指揮這裏，我去砍掉他們的戰旗！」

唐一明經過多次戰鬥，越來越發現自己附身的身體的優越性，無論他遇到怎樣的敵人，都能迅速地將敵人殺死，或許，這是那個前身武藝過人的緣故吧。

唐一明騎在馬背上，大喝一聲，朝東南濟水邊一個樹林裏跑了過去，然後沿著樹林繞了一個圈子，繞到段離的前面去。

段離突然聽到身後的士兵喊道：「少主，有敵人！」

段離掃視半圈，看見從樹林裏衝出一個敵兵，嘴角微微一笑，道：「大驚小怪，就一個人，怕他什麼？你們幾個去把他射死！」

段離身後的士兵應聲而出，縱馬站成一排，將手中的弓箭拉得滿滿的，只等唐一明進入射程範圍內。

金先生看到由遠及近的唐一明，心中一怔，他還清楚地記得前天在濟水河邊的戰鬥，那個在戰場上高呼的人就是唐一明。

他被唐一明在馬背上的威風凜凜所震懾，便對段離說道：「少主，我看這人倒像個將軍，不如抓活口，好要脅敵軍。」

段離看了眼唐一明，見唐一明聲勢逼人，說他是將軍倒也不為過，便對手下士兵說道：「別射他要害，抓活的！」

士兵領命，見唐一明駛入射程範圍內，便同時放出了箭矢。

第二章

美女如雲

十幾萬民眾如今剩下的還不到十萬，
其中多數都是女人，
唐一明看到那麼多容貌嬌豔的美女，
不禁想到了「美女如雲」這個詞。
她們身上穿著各式各樣的華服，
但是沾滿了污泥，而且臉上都是驚魂未定。

三聲弦響，三支箭矢朝著唐一明身上三個不同的部位飛了過去。唐一明早已經做好準備，揮著手中的長戟，然後身體俯在馬背上，用力撥開兩支箭矢，還有一支箭矢不幸直接射入唐一明的大腿上。

唐一明感到一陣疼痛，他咬緊牙，向那面大旗衝了過去。段軍騎兵見到唐一明臉上青筋暴起，猙獰扭曲，加上他的一聲大喝，那種威風凜凜的樣子，一下子震懾住。雙手顫顫巍巍的，箭矢還沒有搭在弓上，唐一明便已經衝了過來，他們來不及撤退，被唐一明長戟一揮，連著劃破三個人的喉嚨。

段離和金先生都感到甚是詫異，這種勇猛的人他們還是第一次見到。段離眼睛瞪得大大的，和金先生急忙策馬跑開了。

旗手一時愣在那裏，被衝來的唐一明刺穿身體，那面大旗也被唐一明奪走了。

唐一明跑出一截，勒住馬匹，剛調轉馬頭，便見段離抽出腰中的彎刀，大喊一聲，朝他衝了過來。他將手中的大旗朝地面上一扔，舉起長戟，忍著腿上的疼痛迎上段離。

唐一明和段離各自揮出手中的兵器，兩邊兵器相撞，彎刀砍斷了唐一明手中的長戟，然後兩人各自分開。唐一明握著斷裂的長戟柄端，咬牙切齒，當即憤恨不已，忍著疼痛，再次策馬飛奔了過去。

段離砍斷了唐一明手中的長戟，十分的得意，正在哈哈大笑時，看見唐一明又衝了過來。他撇了撇嘴，看著唐一明的手中拿著一把斷裂的木柄，便對他不以為然，直接迎了上去。

兩馬再次相交，段離剛準備揮出手中的彎刀，卻看見唐一明直接從馬背上撲了過來，他大吃一驚，還來不及反應，便被唐一明撲下了馬。兩個人同時摔在地上，翻了好幾個滾。

唐一明雖然身體精壯，但是礙於腿上有箭矢，落地時腿部又重重地摔了一下，一時間竟站不起來；而段離此時則迅速地爬了起來，全身漲紅，瞪大眼睛，大喊一聲便衝了過去，揮著彎刀便是一陣亂砍。

唐一明見段離來勢兇猛，便在地上打滾，以躲避段離的攻擊。

段離突然向前一跳，身體越過在地上打滾的唐一明，落在唐一明身體側方，舉起彎刀便向下劈去。

唐一明見段離揮著彎刀砍了過來，本能地將手中的斷戟木柄舉了起來。只聽見喀喇一聲，彎刀落下，唐一明手中的斷戟木柄又斷成兩截，而此時，段離則又揮起彎刀，正要砍下。

「得得得！」

唐一明聽到一匹快馬疾速奔跑的聲音，他來不及看是誰，眼見段離彎刀便要落下，身體本能地向一邊滾去。

「啊……」唐一明剛閃避一躲滾到一邊，便聽見一聲慘叫，等他反應過來時，卻看見段離胸前的銀甲已經被鮮血染紅，鮮紅的戰甲上面不見了人頭。

一個人從戰馬上翻滾下來，走到離段離屍體不遠的地方拿起一顆人頭，提在手裏。

那個人一臉和藹地向著唐一明走來，和顏地對唐一明說道：

「你沒事吧？」

唐一明見到眼前這人大概有三十多歲，面白如玉，細細的眉毛下面有著一雙閃爍的眼睛，消瘦的臉龐上略帶著一絲笑意。

他體形瘦弱，穿著一件淡藍色的長袍，長袍的外面罩著一件薄薄的戰甲，披肩的長髮隨著微風擺動，顯得很是飄逸。

他的手裏提著段離的人頭，腰間繫著一把長劍，正是和段離在一起的那個金先生。

「你……你……」

唐一明見金先生本來是和段離在一起的，此時見他殺了段離，心中大起疑惑，一時間好奇得竟然說不出話來。

金先生爽朗地笑了一聲，然後一把抓住唐一明的手臂，將唐一明給拉起來，同時說道：「你是不是感到很奇怪？」

唐一明剛一站起來，便感到從腿上傳來陣陣的傷痛，大腿上插著的那支箭在他翻滾的過程中已經斷成了兩截，而箭頭也插入得更深了。

他緊緊地咬住牙關，身子晃了一下，眼看就要倒地，卻被金先生再次用手拉住，這才穩住身形。

「我也是漢人，看到漢人被胡人屠戮，又怎麼能袖手旁觀呢？」金先生釋疑說。

唐一明被金先生攙扶著，看到不遠處還在混戰的戰場以及那些搶渡的百姓，知道金先生沒有惡意，便說道：

「兄台，我行動不便，還請你幫我一個忙。你手上提著的人頭，應該就是這些胡虜的首領，煩勞你提著這個人頭，去戰場邊高呼一聲。我想那些胡虜知道首領已死，肯定會沒有戰鬥之心了，只要他們退卻，這場戰鬥也就結束了。」

金先生點點頭，對唐一明笑了笑，然後將手中的人頭扔到地上，從後腰裏掏出一個號角。唐一明一臉迷惑，還來不及問，便聽見金先生吹響了號角。

號角響起，戰場上所有的段離的騎兵便紛紛退卻，遠遠地向北而去。

金先生吹完號角，嘿嘿地說道：「鮮卑胡虜不同咱們漢人，首領雖死，部下卻仍會戰鬥，只有退兵的號角吹響，他們一聽到號角，就算在強勢之下，也會紛紛退卻的。」

唐一明「哦」了一聲，便問道：「那以後我們若是和胡虜打仗，事前派一個人混到胡虜的隊伍中，只要吹響號角，不就等於勝利了嗎？」

金先生笑道：「話是這樣說，可是事情卻不能這樣做。鮮卑胡虜一向以號角作為前進和退兵的信號，不同的部隊，號角也有不同的吹奏方法，所以外人一般無法知曉。我若不是熟悉段離的號角之音，也絕吹不出他們撤退的信號來。」

唐一明聽了金先生這番話，覺得金先生對胡虜的事情知道的頗多，此次若不是他吹響了號角，估計現在還在和胡虜血戰呢。

他見金先生不僅殺了胡虜的首領，又幫他弄退了那些胡虜，心中對金先生不免充滿了感激，拱手說道：「先生，你此次幫我這麼一個大忙，又殺了胡虜的首領，我感激不盡。到現在還不知道先生的姓名呢？」

金先生呵呵笑道：「我並非什麼先生，只是一個普通的劍客而已，在下姓金，單名一個勇字。」

「金庸？」

金勇講話帶著一點江南的口音，那個勇字的發音又十分平淡，所以唐一明才誤會是「金庸」。

金勇當即解釋道：「是勇，勇敢的勇。」

唐一明這才聽清楚他叫金勇。於是，唐一明便以武俠片裏的口吻朗聲說道：「金大俠，你怎麼會在胡虜的陣營中？」

金勇輕輕地嘆了口氣，淡淡說道：「一言難盡啊！」

金勇將自己的經歷簡單地說給唐一明聽，唐一明這才知道金勇待在胡虜陣營中的苦衷。

原來金勇祖上也是士族，北方發生戰亂後，那時候他還小，便隨同家裏人一起到了南方。一路的逃奔，讓他見識了世間的疾苦，心裏便埋下了驅逐胡虜的想法。

長大後，他棄文學武，在江南拜了一個劍客為師，學成之後便在江南行俠仗義。在江南的這段時間，他看透晉朝的腐敗和偏安的想法，便在三年前北上，決心去北方闖蕩，憑藉自己的武藝解救百姓於水火之中。

可是，現實是殘酷的，他一個人的力量無法救更多的百姓，所以他參加了軍隊，當時冉閔已經建國，他便加入冉閔的魏軍，征戰胡虜兩年。後來，他在與段離軍隊打仗的時候，因為寡不敵眾，被段離俘虜。段離見他長得清秀，像個士族，便沒有殺他，把他留在身邊為他出謀劃策。

起初他內心也是十分地掙扎，他是漢人，卻為胡人所用，可是後來轉念一想，若是能用自己的建言讓段離少點殺戮，那不等於是救了更多的漢人嗎？再加上北方戰亂不斷，無數的百姓渡過黃河朝南遷徙，段離又正好處在黃河和濟水一帶，若是不想辦法約束住段離，恐怕會有更多的百姓慘死在胡人的鐵蹄之下。所以，他便扭轉心態，對外也不露出一點會武功跡象，只以一個謀士的身分出現在段離左右。

他每次為段離獻策，都會得到採納，見段離能夠聽他的意見，便鐵了心留下來。短短一年的時間，他使段離放過了幾十萬人的性命，這些人一部分南逃到晉朝，一部分則淪為段離的奴隸，在濟南郡的周圍負責開荒墾地。

此次段離卻沒有聽他的建議，對百姓的財寶和那些美女動心，下令襲擊。他殺段離，也是因為兩次看到唐一明捨身為百姓的舉動，認為唐一明活著，或者能救出更多的百姓，所以便趁著段離和唐一明激戰之時，砍下了段離的腦袋。

唐一明聽完，十分佩服他的忍辱負重，激動之下，緊緊地握住金勇的手，說道：「俠之大者，為國為民。金兄這個大俠之名當之無愧。我唐一明最佩服的就是像你這樣的人，如今你殺了段離，恐怕再難回到胡虜之中，而那些胡虜也必然恨你入骨。金兄要是不嫌棄的話，不如就跟我到泰山吧。」

金勇殺段離的那一刻，只想到要去救唐一明，卻沒有想過殺死段離的後果，此時想來，覺得唐一明說得有理，便點點頭答應了。

唐一明在金勇的攙扶下，回到戰場。

唐一明見胡燕、李國柱身上都帶著傷，戰場上除去唐一明帶來的黃大等人，只有不到一千的殘兵。李國柱一見到唐一明，便淚流滿面，將一路的辛苦和波折全部講給唐一明聽。

唐一明聽完，心情也是十分激動悲憤，李國柱和王凱從鄴城帶出了十幾萬的百姓，大舉南遷，渡過黃河，沿途又收留了不少殘兵，誰知他們渡過黃河不久，便被段離的手下盯上了，李國柱帶著三千殘兵與其奮戰，擊退了段離的手下，卻也引來段離的傾巢而出。

李國柱讓王凱帶著人先走，他領著殘兵斷後，與段離血戰。混戰中，王凱遇到胡燕，胡燕便派人趕忙通知唐一明，自己則加入李國柱的部隊中，這才有了這場混戰。

唐一明知道胡虜退卻，很快便會再來，所以也顧不得打掃戰場，急忙命令所有人渡河。

所有人渡過濟水之後，十幾萬民眾如今剩下的還不到十萬，其中多數都是女人，另有少數士族，唐一明看到那麼多容貌嬌豔的美女，不禁想到了「美女如雲」這個詞。

唐一明見了王凱後才知道，王凱透過他族兄的關係，從宮中偷偷解救出大批美女，濟水邊近十萬人，光美女就有六七萬，她們身上穿著華服，但是沾滿了污泥，而且臉上都是驚魂未定的表情。

一會兒，段離的騎兵便出現在濟水北岸，有好幾千人，他們看到濟水對岸的百姓，心中充滿著怒火，眼睛裏更盡是垂涎之色。

唐一明好奇地問道：「金兄，我一直沒有見過這些胡虜乘船，他們又是怎麼渡過這濟水的？」

金勇解釋道：「往年他們也是要乘船的，只是今年濟水河位下降了，在下游八十多里的地方有個淺灘，騎馬可以直接渡河。」

唐一明眼裏閃過一絲光芒，忙問道：「金兄，你說段離為了此次行動，只在濟南城留下了少數兵馬，是嗎？」

金勇點點頭，道：「嗯，只有不到五百人的部隊。」

唐一明看了看河岸上的百姓，心想：段離在濟南城待了好幾年，城中尚有七八萬的民眾，加上段離的兩萬士兵，也有十萬人了。在這樣的地方能養活得起十萬人，城中肯定有不少糧食。眼下河岸上這些人，加上在泰山上的四萬多人，就有十四萬，這樣龐大的數字，如果沒有糧食的話，他們也不會跟著我，恐怕還會生出民變，不如用計謀先攻下濟南城，帶出城中所有的物資，再將那七八萬人也一併解救出來。段離已死，他老子段龕肯定會派人來鎮守濟南，與其讓這些胡虜佔領，不如我先將城中搶掠一番，留給他們一座空城，既補充了我軍的糧食，也削弱了段龕。

唐一明便將王凱、李國柱、胡燕、黃大、黃二等人全部召集在一起，說道：「我們從這裏到濟南也花費不了多少時間，既然段離的大部隊都在北岸，我們不如佔領濟南，就算這些胡虜追來，我們把大門一關，任他們也進不來。」

王凱聽了說道：「先佔領濟南，既阻擋了這些追兵，也可以讓百姓們歇歇腳，一舉兩得，可問題是，我們怎麼能攻城呢？」

「這個不難，金兄殺死了段離，只有北岸的士兵知道，濟南城裏的士兵並不知道，而且在濟南城裏只有幾百胡虜，完全可以讓金兄先騙開城門。佔領濟南城後，先擊退這些胡虜，然後再將濟南城中的糧食和物資全部帶走。」唐一明胸有成竹地說道。

「唐將軍，既然攻佔下了濟南城，又為什麼要撤離呢？」王凱一臉狐疑地問道。

唐一明淡淡說道：「這個很簡單，我們佔領了濟南城不假，可是段離的老子是絕對不會讓我們佔領濟南城的；加上他的兒子死了，他肯定會帶兵來攻擊的，與其被他們團團圍困住，不如先自行撤離，到泰山上去，泰山地勢險要，不利於騎兵行動，我們完全可以據守泰山。而且，黃河以北的燕狗正在大舉南下，一旦鄴城被攻破，燕狗再無任何阻礙，便會趁機渡過黃河。從黃河到濟水，一路都是無人之地，他們再渡過濟水，濟南也將成為他們首個攻擊的目標。既然這樣，那我們就將濟南城讓出來，送給段龕，反正是座空城，我們悠然自得地在泰山安穩地生活，讓段龕和燕軍對戰。反正都是胡虜，不管誰打誰，對我們漢人不都是有好處的嗎？」

其他人聽了，都紛紛點頭，覺得唐一明分析得十分合理。

唐一明見大家都同意了，便帶著黃大、黃二和一千士兵與金勇一起先行，讓王凱、李國柱、胡燕、趙全帶著剩下的士兵和民眾、美女在後。

唐一明腿上受了傷，不能走路，便忍著暫時的傷痛騎在馬背上，和黃大、黃二、金勇等人一起迅速地朝濟南城而去。

濟水離濟南沒有多遠，大約不到一個小時，便到了濟南城外。

濟南城城高牆厚，若是強行攻打，非常的不易，唐一明和所有人藏在城外的樹林裏，金勇則獨自一人騎馬到城下。

城樓上的胡虜士兵見金勇單人單騎來到城下，便打開城門。士兵畢恭畢敬地問道：「金先生，怎麼就你一個人回來了？」

金勇不慌不忙地說道：「少主大捷，俘虜了美女無數，讓我先回來通知你們開城門列隊歡迎。」

士兵一臉的喜悅，說道：「金先生，我這就去叫大家。」

金勇到了城門邊，跳下馬，說道：「不急，稍等一會兒，我有話對你說。」

士兵一臉的迷茫，問道：「金先生，有什麼……」

只見一道寒光閃過，士兵的話還沒有說完，便被金勇拔劍殺了，其他的士兵見了大吃一驚。還沒有反應過來，金勇手中的長劍便在他們的脖子上劃出了一道長長的口子，那些人連叫都來不及叫出來便死了。

金勇轉過身，向樹林邊揮了揮手。

唐一明當即對身後的人說道：「兄弟們！衝進城去，殺胡虜一個片甲不留！」

一聲令下，唐一明一馬當先，身後一千士兵緊緊地跟隨而去。

城樓上的胡虜士兵見一批騎兵衝進城裏，急忙吹響了號角。號角響起，從城門邊湧出幾百名騎兵，紛紛拉開手中的弓箭，朝唐一明一行人射去，有幾個人不幸瞬間落馬。

金勇不知道什麼時候混到那群胡虜的中間，長劍揮舞，寒光閃閃，幾名胡虜士兵便紛紛落馬。胡虜士兵見了，紛紛大感詫異，亂成一團。

此時，唐一明已經衝到了跟前，讓黃大、黃二從左右包抄，將這些胡虜團團圍住。胡虜的手中都是持著弓箭，沒有裝備長槍，無法近戰，便向四處逃竄，還沒有走出多遠，便被黃大、黃二帶人給包圍了。

唐一明長戟一揮，刺死一名胡虜，大聲喝道：「斬殺胡虜，速戰速決！」

戰鬥引來了濟南城裏的居民，他們看到漢人的士兵將那些胡虜全部殺死，紛紛從街頭巷尾湧了出來，熱情地歡呼著；還有不少人拿起胡虜的弓箭，在胡虜的屍體上鞭笞著，來宣洩這段日子所受到的屈辱。

唐一明控制了濟南城，關閉了城門，讓王凱先安撫城中百姓，自己帶著士兵藏在城樓上的牆垛後面，等待著濟水北岸的那幾千胡虜的到來。

過了一會兒，一陣雜亂的馬蹄聲從遠處駛到濟南城下，一個胡虜朝城樓上叫道：「快開城門！」

胡虜剛喊完，便聽見一聲弦響，從城樓上射下一支長箭，正中那個胡虜的腦門，那個胡虜便墜落馬下，一命嗚呼了。

「你們看清楚，為何連自己人都殺？」另一個胡虜大喊道。

「殺的就是你！」

胡燕用鮮卑話回道，同時將拉滿的弓箭射出去，長箭射穿了胡虜的脖子。城外的幾千胡虜還沒搞清楚是怎麼回事，便見城樓上霎時站了許多乞活軍，手中都拿著弓箭，箭矢如雨而下。

一陣亂射之後，胡虜死傷不少，急忙退後，這才意識到城池被佔領了。胡虜們見大勢不妙，便罵罵咧咧地向東退走了，只留下地上的一片死屍。

胡虜盡皆退走後，唐一明命人打掃清理城外戰場，這是他第一次感到勝利的喜悅。

戰事已定，唐一明被部下抬到太守府，他的腿上還插著一支斷箭，必須把它弄出來。唐一明忍著劇烈的疼痛，將插在肉裏的箭拔了出來，再纏好繃帶。

金勇在一旁默默觀察著唐一明的言行舉止，覺得唐一明不失為是個硬漢，他聽到黃大等人不止一次地喊他將軍，雖然他不知道唐一明是什麼將軍，但是心裏卻早已決定，就此跟隨唐一明。

金勇將長袍撩起，單膝跪下，向唐一明拜了拜。

唐一明見金勇這番動作，驚問道：「金兄，你這是幹什麼？」

金勇道：「我金勇流浪大半生，所敬佩之人寥寥無幾。將軍身處亂世之中，卻仍以百姓為先，讓我十分的佩服。我空有一身武藝，卻不能有所作為，虛度了大半生，從今天起，我決定跟隨將軍，誓死不渝！」

話音一落，金勇又向唐一明拜了一拜。

唐一明見金勇願傾心相許，十分高興，立即道：「金兄，你快起來，我唐一明何德何能，竟然讓金兄行此大禮。」

金勇朗朗地說道：「俠之大者，為國為民。這句話是將軍告訴我的，而將軍就是我心中的俠士，將軍若不答應，我就在此長跪不起。」

「金兄，我答應你了，你快點起來吧！」

「將軍！」黃大一臉喜悅地從外面跑了進來，叫道：「將軍！我們發現了一個寶藏！」

黃大高興地叫道：「將軍，我們發現了滿屋子的財寶。乖乖，我這輩子從來沒有見過那麼多的金銀珠寶。」

「你們可是發現了段離的金庫？」金勇急忙問道。

唐一明一聽，問道：「什麼金庫？」

金勇解釋道：「段離鎮守濟水的這幾年裏，搜刮了大批財物，他將搶掠來的金銀珠寶都藏在一個秘密的地方，這個地方只有他自己知道，是個小金庫。」

黃大聽了，說：「確實是個金庫，是我弟弟無意間發現的，將軍，快跟我一起去看看吧。」

唐一明「嗯」了一聲，便由金勇攙扶著，黃大在前面帶路，拐向太守府大廳的後院。

黃二大步跨進屋裏，走到一堵牆邊，那堵牆和普通的牆沒什麼區別，房間也平常無奇，絲毫看不出有任何財寶。

唐一明環視四周，一臉狐疑地問道：「小黃，你說的寶藏在哪裡啊？」

黃二笑道：「將軍，請看這裏！」

說話的同時，黃二伸出手用力地推了一下牆壁，一塊四方形的牆壁便轉開一條縫隙，黃二將牆壁推成九十度的直角，映入眾人眼簾的，是滿屋子的金銀珠寶，黃燦燦的金子、白花花的銀子、碧綠的玉器，再加上金子製成的首飾，震懾著每個人的心。

「哇！」唐一明不禁叫了出來。

「將軍！這麼多的金銀珠寶該怎麼處理？」黃大問。

唐一明心想：現在兵荒馬亂的時期，糧食才是王道，就算擁有這麼多金銀珠寶又如何？

唐一明略略思索了一下，說道：「把這些金銀珠寶暫時藏起來，等以後用這些金銀珠寶去換糧食。」

眾人紛紛點頭應是。

唐一明吩咐黃大、黃二好生看管這批財物，自己和金勇等人回到太守府大廳，叫來王凱、李國柱，好瞭解一下他們清查城內府庫的情形。

「王大夫、李都尉，你們清查得如何？」唐一明朗聲問道。

王凱回道：「將軍，府庫已經清單完畢，共有弓三千張，箭矢十萬支，長槍有一千柄，除此之外，還有一些鑌鐵、布匹。糧倉裏的糧食，足夠二十萬人支撐三個月；馬廄裏還有一千匹戰馬，城內近八萬居民，現在也已經安置妥當了。」

唐一明聽完報告，覺得收穫確實不小，沒有想到攻下一座濟南城，竟然會帶來那麼多的好處。

他臉上本來還洋溢著笑容，腦海中卻突然閃過一個念頭，笑容立刻從臉上消失，眉頭也開始皺了起來。

李國柱見狀，問道：「將軍，你是不是有什麼心事？」

唐一明點點頭，問金勇道：「段龕是否駐紮在廣固城？」

金勇答道：「廣固城是段龕一手建造的，城高牆厚，五個濟南城才能比得上一個廣固城。」

唐一明眉頭皺得更緊了，他聽胡燕提過，段龕佔據大半個青州，自封齊王，勢力頗大，麾下有十幾萬的部隊，問道：「從廣固城到濟南城，需要多久？」

金勇立即猜到唐一明的心思，說道：「廣固和濟南相距只有幾百里，若是馬不停蹄的話，估計一天的工夫就能趕到。主人，你是不是在擔心段龕會為段離報仇？」

唐一明點點頭，道：「嗯，段離是段龕的兒子，若是敗軍回到廣固，告訴段龕我們殺了他的兒子，你說段龕會有如何反應？」

「如果段龕知道段離身亡，我們又佔據了濟南城，他肯定會發兵來攻打濟南。段龕手下有十幾萬的兵力，若是將大軍帶來，濟南就會陷入危險當中。將軍，我們現在該怎麼辦？」金勇分析道。

眾人聽了，都愁眉苦臉，一時間不知道該怎麼辦才好。

唐一明指揮道：「王大夫，召集所有民眾，帶上所有能帶的東西，立刻讓所有人撤離向泰山去。李都尉，你帶著士兵，將糧食、兵器、布匹全部用馬車拉走，一併運往泰山。」又對金勇說道：「金兄，麻煩你跑一趟金庫，讓黃大他們將那些金銀財寶全部裝車，準備撤離濟南城。」

眾人各自領命而去。

唐一明忍著腿上的疼痛，一瘸一拐地走到太守府門前，讓人牽來一匹戰馬，上馬準備巡視濟南城。

唐一明在城中慢悠悠地轉著，看到許多百姓都在準備撤離的事，心想他一定要給這些百姓一個安定的生活。

當唐一明看到從地底下不斷向外冒著的泉水，立刻跳下馬，來到泉水邊。他伸出手，捧著一捧泉水喝下了肚。泉水清涼甘甜，澆滅了他心頭的焦躁。

「山東濟南，趵突名泉，果然名不虛傳。」唐一明見周圍就是一處水泊，連個亭子都沒有，不禁嘆道：「如此美景，古人為什麼不建個亭子讓人觀賞呢？如果加以開發，可以弄成一個旅遊景點。可惜啊，以後我要是再來濟南，一定要將這裏修葺一下，弄個公園，供人們閒時玩耍。」

他想到了濟南的三大景點，本來想去看看，轉念一想：這趵突泉荒廢成這樣，大明湖不知道是什麼樣子？至於千佛山，也許現在佛像還沒有雕上去呢。」

他繼續策馬走在城中的街道上，不經意間，一個倩麗的身影吸引了他的目光。他勒住馬匹，目光盯著那個倩麗的身影。

那道倩影來自一個少女，她穿著一身淡紫色的長裙，一頭烏黑的長髮盤在頭頂，在鬢角處特意留下了長長的兩綹，讓人看上去有種說不出的飄逸感！

少女大約十八九歲，婷婷玉立，身形高挑，雪頸修長，面容白皙，充滿了古典美；一雙美乳豐碩高挺，腰肢纖細不堪一握，實在是個不可多得的美人。

「哇！這世界上怎麼會有這麼漂亮的女人！」

唐一明覺得自己的心跳加速起來，內心悸動不已。

少女不經意地望了過來，目光裏透過來的眼神竟是如此魅惑。兩人四目相接的那一剎那，唐一明感到自己的心彷彿被她的目光融化了。

「現在兵荒馬亂的，能不能繼續生存在這個亂世都不一定，這會兒哪裡顧得上想女人的事啊。」唐一明心裏想道，便扭過臉，

「駕」地一聲大喝，繼續向前去了。

大街的轉角邊，趙全和手下正推著一車武器經過，看到這一幕，臉上立時泛起一絲笑容。

他將其中一個士兵拉到一邊，然後對其他人說道：「你們把這車武器運到城門口去，我和趙六有點事商量。」

見那幾個士兵推著車走了，趙全笑笑地對那個叫趙六的說道：「剛才你是不是也看見了？老六，你說將軍是不是對那姑娘有意思？」

「那還用說，咱將軍一見到那姑娘便停了下來，這說明咱將軍是看上那姑娘了。不過，我搞不明白，將軍既然看上她，為什麼不直接將她抱走呢？」趙六托著下巴，一臉疑惑地說道。

趙全伸出手，朝趙六的後腦勺上狠狠拍了一下，罵道：「笨啊，大庭廣眾下把姑娘隨便抱走，知道的是咱將軍喜歡那姑娘，不知道的還以為將軍強搶民女呢。這種事只能私下做，懂不？」

「不懂！」趙六用手摸著發疼的後腦勺，搖搖頭道。

趙全忍不住道：「老六啊，你往年的那些聰明勁都到哪裡去了？這樣的事怎麼不懂呢？將軍既然看上了那姑娘，咱們就把那姑娘送到將軍房間裏去。將軍不是說過要給咱們找老婆的嗎？將軍自己不先找個老婆，我們做屬下的又怎麼能先找呢？」

趙六眼裏閃過一絲亮光，哈哈笑了兩聲，雙手一拍，大聲說道：「都尉，我懂了，咱們這是在給將軍找老婆！」

趙全急忙環視四周，小聲地對趙六說道：「你小聲點，生怕別人聽不到嗎？老六，那姑娘的模樣你也見了，確實是萬中挑一。濟南城就這麼大，找她也很容易，你去把她找來，就說是咱們將軍想要她。這種年月，她這樣的女人能跟著咱將軍，也可以知足了吧，要是被胡虜搶了去，那還不給糟蹋了啊。」

趙六聽了趙全的話，臉上浮起笑容，衝著趙全笑道：「都尉，你放心，我知道該怎麼做了。」便一溜煙地穿過大街，朝斜對面的巷子裏跑了去。

第三章

眾裏尋他千百度

「哇！有這種好事？白天老子找你找不到，
沒有想到你居然親自送上門來了。
眾裏尋他千百度，驀然回首，那人卻在燈火闌珊處。
哈哈，上天真是待我不薄啊。」
唐一明忍不住激動的心情，大踏步地走上前。

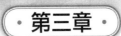

唐一明回到太守府，見到太守府門口停著十幾輛馬車，馬車上都裝滿了沉甸甸的東西，分別用布蓋著，又用繩子綁得十分嚴實。

唐一明走到一輛馬車前，伸手在貨物上拍打了一下，然後問道：「金庫裏的東西都裝車了嗎？」

一個士兵答道：「是，回將軍，已經全部裝車，一共滿滿裝了十八輛。」

唐一明滿意地「嗯」了聲，這時，傳來一陣爽朗的笑聲和雜亂的腳步聲，唐一明看到黃大、黃二、金勇走來，三人手裏各捧著一件東西，上面用布蓋著，正從太守府裏走了出來。

「這是……這是什麼？」

黃二看到唐一明，興奮地道：「將軍，你看，這是我們找到的，獻給將軍！」

他掀開布蓋，將手中捧著的東西給唐一明看。

唐一明低頭一看，黃二手中捧著的是一件衣服，衣服呈暗紅色，上面繡著一朵大花，大花周圍又有許多五顏六色的小花，將大花烘托出來，顯得更加鮮豔。

金勇、黃大也將手中的蓋布給掀開，金勇的手中捧著的是一頂頭盔，頭盔看上去是純鋼打造的，在太陽的照射下顯得格外耀眼。

黃大手中捧著的則是一副戰甲，那戰甲並非厚厚的鎧甲，而是很薄的貼身甲衣，呈銀色，由許多圓形環片組成。

「你們是從哪裡弄來這些東西的？」唐一明問。

「將軍，這是五花戰袍，做工十分精細，將軍身上的衣服太過殘破，一點都不像將軍應該穿的衣服。佛要金裝，人靠衣裝，穿上這五花戰袍，再戴上頭盔、披上戰甲，那才是將軍應有的模樣。」

金勇說完，便將手中的頭盔戴在唐一明的頭上。

唐一明脫掉身上的衣服和殘破的戰甲，露出渾身的肌肉，將戰袍穿上，又披上戰甲，戴上新的頭盔，整個人形象變得更加猛武英勇，看得黃大、黃二、金勇等人目瞪口呆，不約而同地跪在地上，紛紛向唐一明拜道：「屬下參見將軍！」

黃大更是眼裏泛著淚花，他急忙用手擦了一下眼睛，激動地說道：「將軍，我……我只是想起了陛下，所以……所以……」

唐一明伸出手，攬住黃大的肩頭，拍了拍，然後說道：「你們放心，陛下不會白死的，燕狗殺了陛下，一定會受到詛咒。只要我們好好地活下去，就能給陛下報仇。」

「將軍……」

烈日炎炎，普照大地。

從濟南城的南城門一直向南的荒涼道路上，綿延著一支長長的隊伍，馬車、百姓、美女、士兵夾雜其中，他們的心頭正如那炎炎的烈日一樣，十分的火熱。

唐一明騎在戰馬上，停在濟南城的城門口，在驕陽的照射下，他那身剛換過的行頭顯得很是奪目。許多美女從城中走出來時，都不禁偷偷地向他望去，眼裏流露出對他的愛慕之情。

他的目光在每個人的臉上掃過，想找尋著他今天在街上所見到的那個紫衣少女。

幾萬人在他的眼皮底下走過去，他卻沒再見到那個少女。他知道現在身處亂世，自己不該去想女人，可是自從見了那紫衣少女一面之後，他的心裏便滿滿都是她的影子。

現在他站在城門口，也無非是想再多看那紫衣少女一眼罷了，可是那個紫衣少女就像人間蒸發了一樣，竟然再也沒有出現。

唐一明輕嘆了一口氣，心想這是老天給他開的玩笑。他的嘴角揚起一絲無奈的微笑。

「將軍，所有人都撤離了，咱們也該走了！」站在唐一明身後，手中牽著戰馬的金勇，輕聲提醒道。

唐一明眼裏露出一絲哀傷，調轉馬頭，雙腿輕夾一下馬肚，戰馬便邁開蹄子，緩緩地向著泰山而去。金勇也翻身上馬，快步跟了上去。

「金兄，段龕的部隊作戰能力怎麼樣？」久不發言的唐一明突然開口，對金勇問道。

金勇望了唐一明一眼，見他臉上的陰鬱之色已經全部消去，便緩緩地答道：「將軍，段龕的部隊與燕狗的軍隊大不相同，他們多是騎射部隊，只求速戰速決，打得過就打，打不過就跑，雖然有十幾萬之眾，真正能打仗的，也就五六萬人，其他的都是招募來的散兵游勇，欺負欺負老百姓還成，真正遇到能打仗的部隊，優劣之勢很快就能看出來了。」

唐一明眉頭一緊，說道：「照你這樣說，如果燕狗打過來，只怕段龕是抵擋不住的了。」

金勇分析道：「也不盡然，段龕造了一個廣固城，那裏城牆非常的堅固，他在黃河以南這幾年，沒少搶掠財物和物資，差不多將所有的物資全部集中在廣固城；如果燕狗攻來，他完全可以在廣固城裏堅守不出，光城裏的糧食起碼夠他維持一年的。胡虜在野戰上非常有優勢，可是在攻城戰上，胡虜就沒那麼厲害了，如果段龕和燕狗鏖戰，沒有幾個月的工夫，燕狗也無法將段龕剿滅的。」

唐一明又問：「金勇，你對燕狗的大將軍慕容恪瞭解多少？」

金勇讚嘆道：「慕容恪是燕國首屈一指的將軍，我只聽聞過他的大名，卻不曾與他照過面，只知道他帶領的部隊是燕國的精銳之師，而且每佔領一處地方，都會先安撫城中的百姓，不准部下騷擾百姓，有功必賞，有過必罰，治軍嚴謹；燕國能有今天的成就，全賴有慕容恪當統帥，他是個非常了不起的人物。將軍，你怎麼想起問他來了？」

唐一明淡淡說道：「不出三個月，鄴城就會被攻破，到那時，燕狗沒有任何阻擋，燕狗的大王肯定會派慕容恪帶大軍南下；而且第一個目標，便是黃河以南的青州，所以，我想先多瞭解一下，孫子不是說過嗎？知彼知己，百戰不殆。」

唐一明看了金勇一眼，見他長劍繫在腰間，心中忽然一動，對金勇說道：「金兄，你的劍法是不是出奇的好啊？」

金勇謙虛地道：「一般一般。」

「我看你在與那些胡虜作戰的時候，劍法施展起來飄逸得很，應該很適合女人學習吧？」唐一明問。

金勇詫異地說：「將軍，你的眼光真是犀利，一下子便看出來了。我師父便是女人，這套劍法也是從她那裏學來的。劍法舞動起來看似柔綿無力，可一旦臨戰對敵，這套劍法也是淩厲得很。」

唐一明原本問話的用意是他看到隊伍中以女人居多，本想讓金勇教那些女人劍法的，沒想到自己這句不經意的話，竟讓金勇說出了劍法的來歷。

他將錯就錯地說：「嗯，其實我早就看出來了，只是不好意思問你。對了，你師父是個很厲害的人物吧？」

「嗯，我師父是衛夫人，書法、劍法都非常的高超。」一提到師父，金勇眼裏就充滿了崇敬之意。

「衛夫人？就是……就是那個……教王羲之書法的那個衛夫人嗎？」王羲之和衛夫人都是歷史上知名的書法家，唐一明感到很是詫異，任他怎麼也想不到金勇的師父居然是衛夫人。

金勇眨巴著眼睛問道：「將軍，你認識我師父？」

在金勇的印象中，衛夫人收王羲之為徒，除非是和師父衛夫人或是和師弟王羲之熟識的人才知道，所以才會發出此問。

唐一明搖搖頭，道：「我不認識你師父，也不認識你師弟。」

金勇一臉迷茫說道：「那就怪了，那將軍是如何知道的？」

「我如何知道不重要，重要的是，你願意將你那套劍法教授給別人嗎？咱們隊伍裏有那麼多女人，你的劍法那麼厲害，如果能教授她們劍法，讓她們也能上陣殺敵的話，以後女人便不再是弱者，說不定比男人還強。還可以建立一支女兵隊伍，讓她們上陣殺胡虜。」唐一明說出自己的計畫。

金勇想都沒想便點了頭，在他心裏，女人和男人一樣，何況他的劍法也是從女人手裏學來的。

唐一明見金勇答應，十分高興，心中盤算道：「老人、孩子和女人，在古代的亂世裏是最弱的群體，我一定要他們變得強大。女人跟著金勇學劍法，孩子小，可以慢慢地培養，老人就當後勤人員。沒有強大的兵力，老子就自己利用兵員，看他娘的胡虜以後還怎麼欺負我。」

想到這裏，唐一明便對金勇說道：「你跟在隊伍後面，我先回泰山做些安排。」

唐一明又來到隊伍前面，吩咐李國柱道：「李都尉，這裏就交給你和王大夫了，我先趕回泰山，看看怎麼安置這麼多人。」

李國柱點點頭，道：「將軍，你放心去吧，這裏就交給我和王大夫。」

約莫過了半個多小時，唐一明便來到泰山腳下，他先到泰山腳下一片隱秘的樹林裏，那裏還拴著一些馬匹，李老四正和一些士兵說笑著。

一個士兵看見了唐一明，便對李老四說道：「李都尉，是……是將軍！」

李老四急忙回頭，果然看見唐一明從樹林外走了進來。他急忙一瘸一拐地走向前去，迎接唐一明。

唐一明對李老四交代道：「你先派人上山告訴劉三，讓他領幾百人下山來，準備搬抬糧食。」

李老四便下令道：「你、你，你們兩個，上山去告訴劉三，讓他做個擔架，把軍抬到山上去，再多派些人下來。快去快去！」

那兩個士兵應了一聲，便立馬轉身走了。

「將軍！你從哪裡弄來的糧食啊？」李老四好奇地問道。

唐一明緩緩說道：「我把濟南城給攻下了，從城裏找到的。」

夕陽西下，唐一明站在一塊大石頭上，遠遠地向後面眺望，長長的隊伍彎彎曲曲的，一眼望不到頭。劉三帶來的人已經開始向山上搬運武器和糧食了，他們肩扛背馱，只要是能想出來的辦法都用上了。

李國柱走到唐一明身邊，見他一直向後面眺望，說道：「將軍，你不用擔心，胡燕和一些斥候都被將軍派出去了，要是有追兵的話，胡燕他們會來彙報的。」

人多力量大，這話一點也不假，每個人都盡自己一份力，將糧食、武器全部抬到了山上。

王凱和穿著高雅的士族子弟走在一起，一路上有說有笑的。

當王凱看見唐一明時，便拉著三個人走到唐一明身前，向唐一明拜道：「將軍，這三位都是我的好友，若不是賴這三位幫助，我也無法完成將軍對我的交託，從而救出那麼多美女出來。」

唐一明見王凱身後三個人都是儀表堂堂，一副文弱的書生樣子，年紀大小不一，其中一個有點胖胖的，另外兩個都是瘦子，只是其中一個較高，三人都透著一股文氣。

唐一明拱手道：「這三位是？」

王凱一一介紹著：「這是我的族兄，尚書令王簡，這兩位是尚書左僕射張幹和右僕射郎肅。在濟水邊和濟南城時，屬下便想引薦給將軍，只是一直沒有來得及，現在正好將他們引薦給將軍。」

唐一明知道「尚書令」這個官職在古代的重要性，它等同於現代的行政院長，能擔任此一職務的，都是很有才華的人，不禁細細打量起王簡來。

「將軍？」

王凱見唐一明看著王簡有點發呆，便趁其他人沒注意時，拉了一下唐一明的衣角。

唐一明「啊」了一聲，見王凱衝他使了個眼色，才恍然大悟，當即向王簡拱手說道：「在下唐一明見過行政院長……不不不，是尚書令王大人！」

王簡怔了一下，客氣地回道：「將軍太客氣了，我聽機博常常說起將軍，說將軍雖然出身行伍，卻表現不凡，做事總是出乎人意料，更有夜觀天象、預知後事的才能，所以竹聲才願意從旁協助，從鄴城中帶出這些人來。今日能與將軍相識，實在是榮幸之至。」

唐一明聽了有些糊塗，什麼「雞脖」、「豬繩」的，不知道該怎麼回答，便不好意思地問道：「雞脖、豬繩是誰？」

王凱在唐一明耳旁小聲說道：「將軍，我就是機博，機博是我的字，竹聲是我兄長的字。」

唐一明這才明白，他差點將這點給忘了，古代人都是有名有字的，他剛才還以為是雞脖和豬繩，怪只怪他們取的字發音和那兩個東西太接近了。

他緩過神來後，朗聲道：「王大人勿怪，是我失禮了，請多多包涵。」

王簡見唐一明言談舉止十分客氣，頗有禮賢下士的味道，與王凱所說的基本吻合，他也是個聰明人，看出冉閔一死，國家必亡。當王凱找到他，向他說了一番關於唐一明的話，覺得唐一明確實是個人物。為了自己和宗族著想，便同意幫王凱設計營救出宮中的美女，加上李國柱帶來的士兵、百姓、士族一起南逃。

王簡回頭看了看張幹和郎肅，這兩人是他的得力助手，也是心腹。

張幹、郎肅見王簡向他們望來，還使了個眼色，當即明白過來，便一起向唐一明拱手拜道：「將軍威武，我等日後願意誓死追隨將軍，以效犬馬之勞。」

唐一明見狀，哈哈一笑，拍了王簡的肩膀一下，豪邁地道：「王大人，以後咱們就是兄弟了，都是一家人，也不必避諱什麼。」

王凱詢問道：「將軍，隊伍大半都上山了，接下來我們該怎麼做？」

唐一明望了一下綿延的隊伍，對王凱說道：「王大夫，安撫民眾的事你最拿手，還麻煩你先到山上去，將這些百姓安撫好，然後讓李國柱他們埋鍋造飯，讓大家都吃頓飽飯。」

王凱和王簡、張幹、郎肅三人便向唐一明拜了拜，先行向山上走去。

王簡趁機小聲問王凱道：「機博，唐將軍禮賢下士，為人謙虛，只是……」

王凱打斷王簡的話，道：「兄長，我們將軍向來不避諱繁文縟節，剛才拍了你一下肩膀，那是親暱的表現，你切莫以為這是對你不夠尊重。將軍雖然出身低微，但是智謀過人，確實是個亂世的英雄，我等要是加以輔佐，必成大器。」

王簡恍然悟道：「原來如此，但願如此吧。」

唐一明依然站在大石頭上，目光中充滿期盼，希望再看到那個紫衣少女。可是他的期望越大，失望也就越大。

隊伍陸續上山，在士兵的協助下，井然有序地向山上走著。馬匹則全部留在山下，暫時交由李老四看管。存放馬匹的那片樹林，在山腳下不遠處的一個山谷裏，那裏的地形呈葫蘆狀，外面又有大片的樹林，極其隱秘。

唐一明因為腿傷，便由兩名士兵用擔架抬著，和金勇一起也朝山上走去。

泰山上的半山腰裏，空曠的斷臺上聚集了二十多萬人，差不多一個小縣的人口了，這麼多人，讓唐一明感到了空前的壓力，

唐一明穿梭在擁擠的人群中，看到疲憊的人們臉上終於露出一絲安定的神情，總算有了一點成就感。

李國柱、劉三還在帶著士兵埋鍋造飯，唐一明心想：這種做飯的方法太沒有效率了，二十多萬人在那裏等著吃飯呢，就這麼點人

想做出二十多萬人的飯，不知道要做到什麼時候。

唐一明左思右想，與其集中在一起做，不如將糧食分給百姓，讓他們一撥人為一組，自己做飯吃，這樣就可以省去士兵的許多力氣，也可以讓百姓們很快吃上飯。

想到這裏，他便將自己的想法告訴李國柱和劉三，讓他們協同王凱，將糧食分發下去。

這樣很快解決了伙食問題，百姓們各自結隊，帶著糧食尋找地方做飯。一時間，泰山上炊煙四起。

夜幕快降臨的時候，唐一明讓士兵在山上找了許多天然的山洞，將百姓們分別安排到各個山洞裏。

天色漸漸黑了下來，原本空寂的泰山變得熱鬧起來，到處都能見到篝火。唐一明坐在一塊岩石上，終於閒下來了。

他嘆了口氣，仰天平躺在大石頭上，望著滿天的繁星，不禁想到：「這樣下去不是辦法，什麼事都是我一個人想，我雖然有跨越千年的智慧，畢竟一個人的能力是有限的。」

唐一明左思右想之後，越發覺得一個人的力量是有限的，突然他靈光一現，從大石頭上坐了起來，舉起左手一拍大腿，大聲叫道：「對，就這樣幹！」

「為了我的長命百歲，也為了可以永續發展，我決定了，要選拔人才，天生我材必有用，眾人拾柴火焰高，王凱、王簡他們就不用說了，都是內政高手，安撫民眾可以依賴他們；黃大、黃二、李老四各個都是身經百戰的人物，我要弄一個軍事會議，開發他們的大腦，以後培養成將軍，必能獨當一面。嗯，還有王猛，一定要搞定他。」

唐一明思緒萬千，浮想聯翩著。

「將軍！」

一個聲音在唐一明耳邊響起，打斷了他的思緒。

唐一明坐起身來，看到一個漢子站在他面前，那漢子似乎很眼熟，他想了想，問道：「你……你不是關……關二牛嗎？是不是胡燕派你回來的？難道是段龕的部隊已經殺來了？」

關二牛和胡燕很要好，也是幽州人，幽州被燕國佔據後，他便和胡燕一起逃了出來，加入乞活軍。關二牛人如其名，身高八尺，個子只比黃二矮那麼一點點，可是身體卻壯得跟頭牛一樣。

他是個方臉，面容黝黑粗獷，濃眉大眼，大嘴厚唇，約莫二十五六歲年紀，聽到唐一明的問話，答道：「啟稟將軍，段龕的部隊暫時沒有殺來，但是已經佔領了濟南城。」

唐一明忙問：「那段龕帶了多少部隊？」

關二牛拱手道：「大約三四萬人。」

「三四萬？是個不小的數目啊，我得想想辦法才行。」唐一明露出擔心的表情，自言自語地說道。

關二牛道：「將軍，胡燕還在監視著，我先回去了，一有情報，我就會回來稟報。」

唐一明點點頭，道：「二牛，你記得告訴胡燕，若是段龕帶著大軍朝泰山而來，就讓他把所有人全部叫回來，不用再監視了。還有，你去劉三那裏取點糧食，一整天你們都還沒有吃上一口飯呢。」

關二牛點點頭，向唐一明拜了拜，便轉身走了。

此時，夜已經深了，唐一明還坐在大石頭上心事重重。

遠處走來一個人，是趙全。

趙全見唐一明坐在大石頭上，當即說道：「將軍，天色已晚，請將軍早點歇息吧！」

唐一明道：「歇息？我在這兒不正是在歇息嗎？」

趙全攙扶著唐一明，嘿嘿地笑道：「將軍，您現在有傷在身，晚上濕氣大，怎麼能在這裏歇息呢？屬下已經為將軍準備好營房，請將軍到營房中歇息。」

唐一明覺得趙全說的在理，他也想腿上的傷儘快好起來，便點點頭，任由趙全攙扶著，走到一個剛剛建好的木屋。

木屋裏亮著燈，王凱和兩個士兵站在木屋旁守衛。見到唐一明來了，便齊聲拜道：「屬下參見將軍！」

王凱、趙全對視了一眼，與身後的士兵同聲道：「將軍，我等告退！」

唐一明不疑有他，擺擺手道：「去吧，你們也都忙了一天了，快歇息去吧。」

唐一明見他們走了，便推開門，「吱呀」一聲，門被推開了，唐一明走進屋子。

映著房間裏的燈火，唐一明看到了熟悉的身影，穿著紫衣的少女竟端坐在木床上。

唐一明看到那張熟悉的面容，心裏突然顫抖了一下，歡喜過後，隨口說出：「你……你怎麼會在這裏？」

紫衣少女端坐在床上，低著頭，發出顫巍巍的聲音：「奴家特來伺奉將軍就寢。」

「哇！有這種好事？白天老子找你找不到，沒有想到你居然親自送上門來了。這真是眾裏尋他千百度，驀然回首，那人卻在燈火闌珊處。哈哈，上天真是待我不薄啊。」

唐一明心花怒放，忍不住激動的心情，大踏步地走上前。

唐一明本想一把抓住紫衣少女的手，然後好好地向她傾訴自己的相思之苦，可他越往前，就越感到那少女的身子發著顫，像是很不情願的樣子。

他感覺有點不對勁，於是停住腳步，溫柔地問道：「請問姑娘，你是怎麼到這裏來的？」

紫衣少女發著抖說：「奴……奴家……是……是自願來的，與……與旁人一點都不相干。」

唐一明聽到這話，細細地回想了一下，發現趙全的舉止透著異常，心中便有點猜到是怎麼一回事了。

他對紫衣少女說：「姑娘，請你抬起頭來。」

紫衣少女緩緩地將頭抬了起來，天使般的面容顯得有點蒼白，雖然臉上帶笑，可那種笑卻並非發自內心，而是強顏歡笑。那紫衣少女的眼睛始終不敢直視唐一明，而是四處遊走，顯得很是驚慌和無措。

「姑娘，請你看著我的眼睛。」

紫衣少女知道站在她面前的是個將軍，她若不從，恐怕會惹怒他，於是怯生生地看著唐一明的眼睛。

「你……你不是……」那紫衣少女想說什麼，卻又沒有說出口，止住了話語。

唐一明聽到紫衣少女像是欲言又止，又見紫衣少女的眼中有幾許淚光，臉上還出現驚喜之色，便急忙問道：「姑娘，我不是什麼？」

其實紫衣少女和唐一明有過兩面之緣，第一次見到唐一明時，是在濟水河畔，唐一明奮不顧身地救出許多百姓，與追來的胡虜作戰，她見到的是一個作戰勇猛的人。

第二次見到唐一明，是在濟南城，在撤離的時候，唐一明騎在馬上，曾與她目光相接，她見到的是一個俠骨柔情的唐一明。

兩次的會面，唐一明在她的心裏留下了深刻的印象。只是兩次的見面，唐一明都穿著極為普通的士兵服，她絲毫不知道唐一明就是將軍。

紫衣少女心中悸動了一下，此時她見到的唐一明，卻是一個威風八面、衣著光鮮，無處不透著英氣的人，讓她不禁產生了一絲情愫。

她害羞地道：「你……你原來就是將軍啊？我還一直以為你是個小兵呢。」

唐一明看了看自己的穿著和打扮，想起幾個小時前的樣子，不禁哈哈地大笑了起來。

第四章

最後防線

唐一明和兩千多部下埋伏在下一個埋伏點上，
那裏是一條彎道，彎彎曲曲可以一直通向泰山，
這是他們最後的防線，也是唐一明最為精心佈置的一道防線。
這道防線除了一些陷阱外，也只能進行肉搏戰了。

他的豪爽感染了少女，紫衣少女似乎一下子消除了懼意，也笑了起來。

唐一明朝門外大聲喊道：「趙全！你給我滾進來！」

不一會兒，趙全一臉曖昧的神色走進屋子，斜眼看了一下坐在床上的紫衣少女，問道：「將軍，屬下為將軍準備的房間，將軍可滿意否？」

唐一明見趙全神色輕佻，紫衣少女憤恨地看著趙全，更加確認此事與趙全脫不了干係。

為了博得美人的垂青，他便裝著樣子，想要懲罰一下趙全。於是，只見他臉色鐵青，大聲喝道：「趙全！你好大的膽子，竟然敢公然騷擾百姓，你該當何罪？」

趙全聽唐一明大聲指責他，嚇了一跳，急忙偷眼看唐一明，見唐一明左眼快速眨了兩下，然後目光朝紫衣少女看了一下，眼睛骨碌一轉，當即明白過來，立刻變了臉色，面如土色，身子也開始發抖，哀告著說：「將軍饒命，屬下該死。將軍饒命，屬下該死。」

唐一明抬起那條受傷的左腿，踹在趙全身上，罵道：「渾蛋，我平常是怎麼吩咐你們的，不要騷擾百姓，你們就是不聽。你擅自把這姑娘帶到房裏，就是騷擾百姓，你該當何罪！」

唐一明的那條腿受了傷，沒有多大力氣，蹬在趙全的身上軟綿綿的。趙全迎著唐一明的腳，在他蹬出的時候，用力向後翻滾，一下子滾出了門外，然後又伏在地上，大聲叫道：「將軍饒命啊，我下次再也不敢了。」

唐一明看見趙全裝出可憐的模樣，心中不覺好笑，沒想到這傢伙戲演得那麼好。

他心中暗自竊笑，可是臉上卻仍舊擺出嚴肅的表情，罵道：「王凱！王凱！你他娘的給我滾進來！你看看你，是怎麼教導手下的！」

唐一明進門時，看見王凱和趙全站在一起，覺得這事趙全一個人絕對不敢做，肯定和王凱有關，猜想王凱就在附近，便大喊道。

唐一明的叫聲剛落，王凱果然從黑暗中跑了過來。

王凱藏身在木屋旁，聽到唐一明大發雷霆的聲音，還真以為唐一明是生氣了，心想自己這下算是將馬屁拍在馬蹄子上了，於是提心吊膽地現身。

他站在門口，見趙全一臉的笑意，偷偷地拉了拉他的長袍，又衝他使了個眼色。他為人機警，當下便發現了端倪，又看見唐一明對他擠眉弄眼的，心中大喜，知道事成了，唐一明只不過是故意做個樣子罷了。

王凱立刻施展他的表演天分，臉上現出一絲驚恐，對唐一明拜了一拜，顫巍巍地說道：「屬下該死，屬下管教部下無方，還請將軍責罰。」

唐一明配合著大聲罵道：「你雖然沒有參與，但是管教部下無方，也該責罰！罰你三天不許吃飯！來人啊，把趙全拉出去軍法處置，斬首示眾！」

趙全聽了，當即又跪又拜，哭道：「將軍饒命啊，屬下再也不敢了，您念在屬下往日的功勞上，就饒過屬下這一次吧！」

王凱舉起自己寬大的袖子，打在趙全的頭上，然後向唐一明求情道：「將軍息怒，趙都尉一心都是為了將軍著想，念在趙都尉昔日曾經立下不少功勞，此次還沒有造成影響，就饒過趙都尉這一次吧。」

唐一明看了一下紫衣少女，見她站起來，朝門邊走來，害怕穿幫了，便急忙說道：「趙全，你得罪的是這位姑娘，饒不饒你，就憑這姑娘的一句話了；你要是想活命的話，須得經過這位姑娘的同意。」說完，又向紫衣少女道：「姑娘恕罪，在下管教屬下無方，以至於差點害了姑娘。趙全此人是殺是罰，全憑姑娘的一句話。」

紫衣少女見唐一明如此嚴厲地責怪部下，還要為了她斬殺部下，她其實只是對趙全有點生氣，並沒有到想要他死的地步，所以欠身答道：「將軍，當日在濟水邊，若不是趙都尉冒著胡虜的箭雨撐船擺渡，只怕奴家早就命喪濟水中了，奴家懇請將軍放過趙都尉吧。」

唐一明聽到這話，心中竊喜，當下對趙全說道：「趙全，既然姑娘說放了你，你的小命算留住了。以後一定要多殺胡虜，來報答姑娘的恩情。但是，死罪可恕，活罪難逃，罰你五天只准喝粥，不准吃飯！」

王凱、趙全立即向唐一明躬身拜道：「多謝將軍！」

「去吧！」唐一明揮揮手道。

王凱、趙全兩個人趕緊識相地離開。

唐一明見王凱、趙全走了，趕緊對紫衣少女說道：「讓姑娘見笑了。」

「將軍治軍嚴謹，管教屬下嚴厲，實在是大將風範，令奴家佩服得五體投地。」紫衣少女欠身對唐一明說道。

唐一明心中一陣狂喜，不僅博得了美人的歡心，還贏取美人的稱讚。臉上卻只露出一點淡淡的笑意，對紫衣少女說道：「姑娘，從今以後，你不要奴家奴家的稱呼自己了，在我面前，人人平等，沒有什麼奴不奴的。」

紫衣少女聽了一怔，她從沒有想過天下還有這樣的男人，在她的意識裏，女人本就是男人的奴僕，在戰亂的年代，女人甚至連頭牛或者一件兵器都不如。她深情地望著唐一明，那一刻，她似乎看到了自己的尊嚴。

她微微地欠了下身子，嬌聲道：「奴家……小女子謹記將軍之言。將軍，天色已晚，小女子這就伺候將軍上床歇息吧。」

唐一明心想：他對她的一切都不清楚，連她叫什麼名字都不知道，如果就這樣和她同床共枕，他覺得這和現代的一夜情沒什麼區別，他要的不僅僅是紫衣少女的人，更要她的心，他要讓紫衣少女真心愛上他，他要的是一段轟轟烈烈的愛情。

他是個穿越者，從知道這是個亂世的那一刻起，他就發誓要結束這個亂世，改變這個世界；既然要改變，也就包括一些觀念，女人不是衣物，也不是奴僕，更不是男人任意摧殘的玩物。要改變，就要先從自己做起。

唐一明恭敬地對少女道：「姑娘，我還不知道你的名字呢？」

紫衣少女嬌聲道：「小女子姓李，單名一個蕊。」

「李蕊？好名字。李姑娘，天色已晚，請姑娘在此好好歇息，在下就在門外，替姑娘守衛。」唐一明溫柔地說道。

李蕊一怔，道：「將軍，莫不是小女子做錯了什麼，拂了將軍的意思？」

唐一明笑道：「沒有，絕對沒有。」

「那將軍為何要小女子在屋內獨寢？莫不是小女子的長相不夠

美麗，惹得將軍厭煩？」李蕊擔心地問道。

唐一明急忙擺了擺手，道：「不是，姑娘貌似天仙，身形婀娜，是傾國傾城的絕世美人，只是在下以為，男女有別，我與姑娘又是初識，相互不夠瞭解，豈能同處一室，共臥一張床上呢？」

李蕊聽了唐一明的這番話，簡直不敢置信，天下竟然還有這樣尊重女人的男人，不禁對唐一明產生了極大的好感。

她目光中充滿了對唐一明的感激之情，緩緩說道：「將軍的正派作風，讓小女子十分佩服。小女子無親無故，能結識將軍，實在是三生的榮幸，從此以後，小女子生是將軍的人，死是將軍的鬼。將軍若是何時中意了小女子，只消告訴小女子一聲，小女子必當好好地伺奉將軍。」

唐一明聽李蕊的話意，知道她是非自己不嫁了，心裏非常高興，但是為了進一步加深他在她心中的印象，他還是決定暫時不與她同房。何況明天一早，段龕說不定就帶著部隊來攻擊了，他必須保持清醒的頭腦，來對付段龕。

「李姑娘，夜深了，請歇息吧，在下就在門外，有事情儘管叫我！」唐一明說完，便轉身走出房間。

唐一明在關上房門的瞬間，看到李蕊從門縫裏衝他笑了，那笑容猶如燦爛的煙花，又如同盛開的鮮花，時時刻刻溫暖著唐一明的心。

唐一明守在木屋外，聽到李蕊的聲音傳進耳朵：「將軍早點兒歇息，莫讓小女子為將軍擔心。」

唐一明「嗯」了一聲，之後，屋裏的燈光被吹滅，大地一片寧靜，籠罩在柔美的夜色裏。

第二天，天還沒有亮，唐一明便醒了，他輕輕推開門，透過門縫，看到李蕊躺在床上，睡覺的姿態讓他看了心動不已。

拂曉時，葫蘆谷裏便聚集了兩千多士兵，這兩千多士兵裏，有一部分是傷兵，在作戰能力上要大打一個折扣，但是，如果利用泰山的有利地形，未嘗不可以守上一陣子。

冷兵器時代，作為防守戰，尤其是對付騎兵的防守戰，無外乎是弓箭、刀車、陷馬坑、滾石、擂木等等。唐一明能想到的，都讓士兵利用有利的地勢和有限的資源給做了出來，並且將那些戰備帶到從濟南進入泰山的必經之路上，將其安置好，只等著段龕部隊的到來。

在不算寬的道路上，可以並排經過八匹戰馬，兩邊都是有坡度的山體，山體周圍有不少樹木，將隱藏在路兩邊的士兵給遮擋住。道路的中間停著兩輛馬車，準確地說，是戰車。戰車兩邊都插著鋒利的長槍，只要車輪旁有人或者馬匹經過，便會將經過的人或者馬匹的腿刺穿。

兩輛戰車並列在一起，戰車上，唐一明威風凜凜地站在那裏，手中持著盾牌和長戟，駕車的士兵前面橫放著一副盾牌，用來抵擋敵人的弓箭。金勇站在另外一輛戰車上，手握長劍，持著盾牌，等在路上。

不多久，從遠處傳來一陣雜亂的馬蹄聲，從北面馳來十多匹快馬，領頭的一個人是胡燕，他的身後緊跟著關二牛，再之後便是和他們一起出去的偵察兵。

胡燕等人剛一轉過彎子，便看見唐一明站在戰車上等在那裏，便停在唐一明的身前。

「將軍，段龕的騎兵已經來了，他一共出動了三萬五千人，正緩緩地向這邊駛來。」胡燕還來不及下馬，便在馬背上向唐一明報告。

唐一明雙眼目視著前方，對胡燕說道：「你快帶人到後面去，黃大他們在下個拐彎處。經過道路的時候，不要走中間，要貼著兩邊走。」

胡燕注意到路中央被厚厚的泥土蓋著，嘴角揚起一抹笑容，便對身後的十幾名士兵說道：「都跟著我走！」

胡燕貼著路的邊緣快馬奔過，其餘的士兵跟在他身後，很快通過那條道路，在經過下一個拐彎處時，消失在這條甬道上。

「將軍，你的腿上還有傷，一會兒該怎麼跳下戰車？」站在另一輛戰車上的金勇擔心地問道。

唐一明呵呵地笑道：「你放心，不用擔心我。」

金勇見唐一明臉上透著堅毅的神態，便不再多問，與唐一明一起等待著段龕的騎兵到來。

「兄弟們！胡虜就要來了，一會兒把自己吃奶的力氣都使出來，能多殺幾個胡虜就多殺幾個，一定要讓胡虜知道咱們的厲害。你們都給我記住了，不想當將軍的士兵，不是好士兵！只要立下戰功，老子就升你們做將軍！」唐一明大聲喝令著。

「將軍威武！」

道路兩邊響起震耳欲聾的聲音，聲音在彎曲的道路上迴蕩很久才緩緩地散去。

在泰山北麓的荒蕪土地上，一支穿著青銅色的騎兵部隊正在緩緩地向前行駛，他們一字排開，黑壓壓的一片，像一股凶猛的潮水，滾滾地向泰山而去。

在這支部隊的中央，一個四十多歲的男人騎在一匹純白色的馬上，頭上戴著金盔，穿著金甲，腰裏繫著一把彎刀，右腿的馬項上，掛著一把朱漆大弓，箭囊裏還插著許多支箭矢。

男人目光如炬，高高隆起的鼻子下面蓄著一把花白的鬍鬚，這人便是軍隊的統帥，也是大半個青州的霸主，段龕。

段龕是遼東鮮卑段氏之後，遼東被鮮卑慕容氏佔領之後，隨著他父親一起投降了趙國。當時的趙國皇帝石虎讓他們居住在幽州和冀州的邊緣，一來作為抵禦鮮卑慕容氏的屏障，二來也不希望這支比羯族還野蠻的鮮卑人進入中原。

他父親死後，他便統帥整個段氏部落，趁著冉閔推翻趙國政權之際，便帶領部族向南遷徙，到達中原，在陳留待了一段時間，後來轉移到黃河以南的青州，並且長居此地，造就了一座堅固的城池——廣固。

段龕有三個兒子，段離是他的二兒子，駐守青州西部的濟水一帶。段離的死加上濟南城的丟失，讓他很是惱火，當下便帶著四萬精銳騎兵殺奔濟南城。

到了濟南後，才知道唐一明早已逃往泰山，濟南已成空城，他便佔據了濟南城，此時天色已經很晚，騎兵是最忌諱黑夜行軍的，所以便在濟南城休息一夜，準備第二天進攻泰山。

今天一大早，段龕便帶著三萬五千名精銳的騎兵浩浩蕩蕩殺奔泰山，因為一路上怕遇到埋伏，所以緩慢地行軍，並不急行。

段龕將騎兵四面鋪開，左右兩翼各一萬人，他自己統領中間的一萬五千名騎兵。

眾人騎著馬跑了一陣子，一路上都沒有遇到什麼危險和埋伏，他便加快行軍的速度。

他報仇心切，不是為了兒子的死，而是為了濟南城裏丟失的大批物資。段離雖然是他的二兒子，卻是他最不喜歡的一個，所以才將他放在青州西部這個幾百里都無人的地區。

段龕的部隊又急行了一段時間，便看到一座龐大的山體罩在這片土地上，一條彎曲的山道映入眼簾。

山路是段龕最擔心的，他的部下都是騎兵，鑽山溝子可不是他們所擅長的，可是段龕聽到回來報告的敗軍說敵軍只有幾千士兵，而且駐紮在泰山的時候，他毅然決定用人海戰術，發誓要滅了這夥搶掠濟南的流寇。

段龕看到這條山道還算寬闊，能同時容納下八匹戰馬，便下令左翼士兵前進，右翼殿後，他帶著部隊在中間行走。

彎曲的道路上，三萬多騎兵順著山道盤成了一條長龍，連續走了近五六里的路，都沒有遇到埋伏，他們的膽子逐漸大了起來，覺得那些流寇一定是害怕，不敢出來了。

段龕的先頭部隊在轉過一個彎的時候，突然看見路上停著兩輛戰車，立刻停止了前進，朝後面喊道：「酋長，遇到敵人了！」

喊聲過後，從部隊中擠出一個大漢，那大漢身上穿的和其他騎兵沒有什麼不同，唯一的區別是大漢的頭上戴著一頂別致的帽子，帽子上插著一根羽毛。那酋長從隊伍後面擠到前面，看到停在路中的戰車，又看了看周圍，發現沒有什麼動靜，一切正常。

「哈哈！來得正好，老子還在發愁呢，要是不能提幾個人頭回去怎麼領賞？就這麼幾個人，怕個鳥，射死他們！」那個酋長當即發話道。

其他的胡虜聽到酋長的話，當即向前走出幾十個人，然後在他們的射程範圍內拉弓射箭。

唐一明和金勇以及駕車的士兵見了，紛紛躲在盾牌的後面，連續擋住胡虜的三輪箭矢。

唐一明早就準備好了，看到堵塞道路的胡虜，他屏住呼吸，大聲地喊道：「下戰車！」駕車的士兵跳了下來，然後用盾牌擋住自己的身體，緩緩地向後退去。

唐一明向金勇作了個手勢，金勇跳下戰車，唐一明也跳了下去，他先用右腿著地，待站穩後，對金勇喊道：「就是現在，萬一敵人的箭射到馬身上，那就糟糕了。」

金勇當即和唐一明用手中的兵刃刺向戰馬的屁股，兩匹戰馬感到疼痛，發出一聲長嘶，發瘋似地拉著戰車，徑直向前面的胡虜奔了過去。

胡虜們看到衝來的戰車，車軸兩邊還帶著鋒利的長槍，急忙向後退去。路上都是胡虜，後面被堵得嚴嚴實實的，退都退不了。轉瞬間，兩輛馬車急速衝撞，鋒利的槍頭立時刺死十幾個胡虜，最後掀翻在地，又砸傷了好幾個胡虜。

此時，唐一明和金勇已經撤到後邊去，轉身不見了。

胡虜前部的酋長見唐一明使出這種招數，惱羞成怒，命人搬開戰車，當即下令全軍追殺過去。

唐一明躲在轉彎的地方，看到胡虜衝來，嘿嘿笑道：「來得正好。」

胡虜清理了道路，邁著矯健的馬蹄，開始向前奔去，每個人手上都持著長弓，在大腿附近綁上一根長槍，以便作近戰廝殺。

彎道與彎道間有著近五百米的路程，那些胡虜騎馬加速前衝，一來是是對剛才的氣憤，更多的是想提個人頭回去討賞。段龕早已下令，凡砍掉一個人頭的，便獎勵一個女人，這大大刺激了這些胡虜騎兵。

唐一明屏住了呼吸，埋伏等待著，只等胡虜的騎兵再近前一點，他們緊緊地盯著中間一百米的道路上，那裏被他們作了精心的佈置。

胡虜的戰馬每抬起一次蹄子，便重重地落在地上，將原本平靜的山道打破。戰馬似乎了解騎在牠們背上的主人的心情，發出重重的氣息，發瘋似的衝了過去。

唐一明躲在拐彎處，將手舉得高高的，他感受到大地的震動，當前面十幾匹戰馬率先駛入中間的道上時，他的手猛然垂下，同時大喊一聲：「拉！」

隨著唐一明的這聲大叫，鋪在路中央，被厚厚的泥土掩蓋的地面突然騰空而起，一條長長的繩索從樹林裏被拉了起來。那「地面」立刻便揚起一灘泥土，去掉了偽裝，露出真面目。二十把長槍插在木板上，木板被拉起的瞬間，插在木板上的槍頭便對準了駛來的胡虜騎兵，剛好高過馬頭，衝在最前面的胡虜騎兵硬生生被長槍穿透了身體。

人仰馬翻之後，馬匹掉頭亂跑，而被拉起的木板也恢復成原狀，等待著後面胡虜的進攻。

「放箭，朝山道兩邊放箭！」

胡虜的酋長看見了這一幕，氣憤地大聲喊道。

三通箭矢放過，胡虜們並未收到成效。指揮作戰的酋長下令停止攻擊，讓士兵策馬向前。酋長一聲令下，早已架起長槍的胡虜騎兵便怒吼一聲，策馬向前狂奔。

最前面的一百多匹戰馬邁開蹄子，馱著背上的胡虜騎兵向前奔去，奔出不到五十米，戰馬突然馬失前蹄，一蹄踩空，紛紛掉落在一個大坑裏，順便將騎在身上的騎兵也跟捎帶了下來。

原來是個陷馬坑，坑不算大，也不深，但是足足有一百米。坑裏插滿尖利的木樁，上面只鋪著薄薄的木板，當木板上的重量超過它所能承載的重量時，便喀喇一聲斷裂，將十幾個騎兵連同馬匹盡皆帶入坑裏。

騎兵身子插在木樁上，哀叫了一會兒後，便一命嗚呼了。更慘的是，前面的戰馬來不及勒住韁繩，便被後面衝來的騎兵給撞進坑裏，紛紛斃命。

兩次都中了陷阱，讓酋長惱羞不已，段龕早已經下了死令，不踏平泰山，誓不甘休，酋長趕忙喊話道：

「不要管這些，從兩邊走，不殺死這些漢奴，咱們誓不甘休。漢奴就兩千多人，我們有三萬人，就是每人吐口口水也能把他們淹死。漢奴的百姓裏有許多美女，還有大批的金銀珠寶，只要消滅這些士兵，咱們就能搶來美女和珠寶！殺過去！」

這夥胡虜都是原始的野蠻人，他們見到好的東西就會搶，在酋長的命令下，他們眼前似乎浮現出了美女和金銀珠寶，於是眾人鼓起勇氣，繼續向深處殺去。

這次進攻，酋長聰明了，前面一千人，後面一千人，他在中間，為防意外和偷襲。胡虜向前緩慢地前進，一邊用手中的弓箭向山道兩邊的坡上胡亂放箭。

「將軍，這些胡虜怎麼一下子變聰明了？」黃大叫道。

唐一明說道：「這就叫做吃一塹長一智，胡虜也是有腦子的。不過，我擔心山上的兄弟們，萬一他們沒有躲好，被箭射到，那就大大的不妙了。」

胡虜們的小心翼翼，更顯出他們的擔心，害怕再出現類似的陷阱，過了幾分鐘，一聲哨聲響起，但見兩邊的山道上射下許多箭矢，將胡虜前面的二百多騎兵射倒了一片。緊接著，從山上滾下許多大石，砸死不少騎兵。

滾石還在不停地落下，不一會兒，山道上便佈滿了石頭，將道路塞住。箭矢也漫天落下，射死一片胡虜。

酋長不停地叫喊著，埋伏在山上的劉三見了，立即瞄準那酋長的喉嚨，放出一支長箭，一箭射穿他的喉嚨，酋長當場斃命，從馬上墜落下來。

唐一明趁這時命黃大等人跟隨他向前衝，在崎嶇的山道中間斬殺驚慌失措的胡虜。不一會兒時間，三千胡虜的先頭部隊便被消滅在長達兩里的山道裏，橫屍遍野，多半都是被滾石壓死和被弓箭射死的。

還來不及打掃戰場，唐一明等人便聽見震耳欲聾的馬蹄聲，後面的胡虜聽到前面的喊殺聲，便被急不可耐的段龕派到前面，一堆大石堵住了後面胡虜的去路，他們只能看到山道裏耀武揚威的敵人，卻無法前進。

胡燕用鮮卑話向胡虜高聲喊道：「告訴段龕，趁早帶著部隊退回去，不然的話，讓你們全軍覆沒。我家將軍已經在山上設下一座墳墓，就差段龕的屍體了，他要是執迷不悟的話，儘管進攻好了！」

段龕聽了惱羞成怒，他本以為這只是一支流寇，哪裡想到竟有如此的作戰能力，當即傳令讓所有人下馬步行，與敵人進行搏殺，準備用人海戰術消滅這撥流寇。

唐一明和兩千多部下埋伏在下一個埋伏點上，那裏是一條彎道，彎彎曲曲可以一直通向泰山，這是他們最後的防線，也是唐一明最為精心佈置的一道防線。

彎道雖彎，卻沒有像前面道路的轉角，可以一眼便望見路上的一切，而且都是一些很小的坡度，坡度上面都是樹林，綠樹成蔭，卻稀稀落落的，不適合埋伏；嚴格意義上說，這道防線除了一些陷阱外，也只能進行肉搏戰了。

過了好一會兒，唐一明才見到從前面奔過來的胡虜，他們提著長槍，背著弓箭，殺了過來。

唐一明的眉頭緊緊地皺起，這也是他最為擔心的，雖然少了戰馬的衝擊力，和這些胡虜作戰的時候，他們可以盡情地發揮步兵的優勢，但胡虜的人數確實很多，死去三千人，對那些胡虜來說根本算不了什麼。

胡虜們看到嚴陣以待的士兵，停住了前進的腳步，紛紛亮出手中的長槍，結成陣形，準備衝向敵人。這些胡虜大聲地叫喊著，臉上現出猙獰的面容，脖子上青筋暴起，將他們野蠻的一面盡皆展現了出來。

黃大所領的三百名士兵都是身經百戰的乞活軍士兵，是唐一明手下中最精銳、最出色的一隊，由黃大統一指揮，準備跟胡虜進行血拼。

第五章

真正的英雄

唐一明將座下戰馬向前驅走一步，露出跟在身後的士兵們，
指著那些士兵們喊道：
「你們不要膜拜我，這些人才是真正的英雄！
是他們不畏強敵，打退了胡虜的進攻；
是他們用自己的鮮血和生命護衛著這裏的每一個人！」

唐一明領著剩下的人站在距離黃大等人三百多米後面的地方，心裏頗不是滋味，他本來想親自帶隊的，可是因為腿上有傷，被黃大等人制止，不讓他上陣，還讓李國柱、劉三這些人看著他。

「狹路相逢勇者勝！」

黃大高聲呼喊著唐一明交給他們的話，每個人都感到無比的振奮，等著從道路兩邊衝來的胡虜，盾牌長戟是乞活軍士兵最好的武器和防具，他們用手中的武器和防具殺死了一個又一個胡虜。

唐一明看到在前面戰鬥的黃大等人，腦中迅速閃過一個想法，急忙對身後的人說道：「兄弟們，咱們不能在這裏光顧著看，卻讓黃大他們浴血奮戰，劉三，你帶著五百弓箭手繞到樹林左邊去，李老四，你帶著五百弓箭手繞到樹林右邊去，從兩側夾擊胡虜。」

劉三和李老四也是乞活軍的一員，他們看到自己的兄弟在戰場上浴血奮戰，心裏也很想去多殺幾個胡虜。此時聽到唐一明的話，欣然接受任務，各自帶著五百名弓箭手向樹林兩邊散去。

胡虜的士兵還沒有衝過黃大等人的跟前，便見從樹林裏射出許多箭矢，將胡虜射倒一片。

黃大見到這種情形，急忙把部隊分開成兩列，從道路的兩邊迅速衝到胡虜陣中一陣亂殺，胡虜們害怕了，紛紛向後退去。

唐一明看到前方戰士把胡虜擊退後，登時大聲地歡呼起來。此時他比誰都喜悅，他所設下的陷阱陣沒有白費，加上自己的指揮和士兵的勇猛，硬是將那些胡虜的第一波攻擊給擊退了。

「太好了，將軍，咱們終於把胡虜給擊退了！」趙全站在唐一明身後，歡呼雀躍起來。

唐一明心中歡喜，眉頭卻還是依然緊鎖，因為這只是段龕所帶士兵的七分之一，尚有三萬的胡虜還在後面，形勢並不怎麼樂觀。

唐一明急忙命人打掃戰場，將死去的胡虜全部推入陷馬坑裏，光死去的士兵屍體就差不多把陷馬坑給填平了。戰場清掃乾淨後，唐一明等人得到許多箭矢和胡虜的兵器、戰甲。

此時，已經將近中午，唐一明命所有人暫時到樹林裏躲避高溫的天氣。休息之餘，唐一明喝了口水，抬頭看了看時間，心想：「段龕看來是和我們耗上了，必須堅守此地，不能讓他們通過，不然的話，會讓胡虜的士氣大增。斯巴達的勇士們以三百人抵擋住波斯的強大軍隊，堅守陣地兩天兩夜，我手下有兩千多人，段龕的軍隊也非波斯的大軍，我一定能使段龕撤離的！」

「將軍，胡虜們又來了！」

一個士兵指著拐角處的一個胡虜騎兵大聲地喊著。

隨著那個士兵的叫喊聲，樹林中休息的人紛紛打起精神，拿起自己的武器。在唐一明的指揮和黃大等人的配合下，經過了十幾分鐘的頑強抵禦，硬是將胡虜的又一波衝殺給頂了回去。

胡虜退卻後，沒過多久便又衝來下一波人馬。每一次的衝殺，都被唐一明和黃大等人默契的配合給擊退。但是胡虜們仍是不死心，前仆後繼約有十幾次進攻。

一連兩天，胡虜們不斷地向唐一明所在的陣地衝去，又一次一次地被擊退。胡虜的傷亡慘重，讓段龕失去了進攻的信心，無奈之下，只得下令退兵。

殘陽如血，唐一明帶著所有士兵站立在戰場上，聽到胡虜撤退的號角聲，每個人都十分地開心。

他們，勝利了。

巍峨的泰山屹立在大地上，山林裏的枝繁葉茂，讓人無法想像在它不遠的地方曾經進行過一場惡戰。山腳下聚集了很多百姓，男女老少都在翹首以待，等待著保護他們的勝利之師的歸來。

王凱、王簡、張幹、郎肅等人站在最前面，旁邊放著煮好的飯菜和清涼的山泉，是用來犒勞那些悍勇的士卒的。

遠處傳來雜亂的馬蹄聲，筆直的道路上，一隊騎著戰馬、全身鮮紅的士兵慢慢悠悠地歸來了。他們的臉上顯出疲勞之色，每個人心頭都覆蓋著一團厚重的憂色。昨天早上還是活蹦亂跳的士兵，今天卻變得十分疲憊。

唐一明此刻的心情十分沉重，兩千多人去，不到一千人回，這種代價是巨大的，也是慘痛的。這一仗也讓他覺得自己在這個亂世原來是那麼的渺小，光三萬多胡虜就能把他打成這樣，更別說是其他獨霸一方的軍隊了。

唐一明回頭看了看這支殘軍，每個人身上都是鮮血淋漓，能看見的只有他們那一雙雙炯炯有神的眼睛。他自己身上也是血跡斑斑，五花戰袍和龍鱗銀甲全被染成一個顏色。

「我等恭迎將軍凱旋！」王凱、王簡等人見唐一明到了，便急忙迎了上去。

「恭迎將軍凱旋！」所有的老百姓也跟著齊聲喊道。

唐一明勒住馬，環視四周，見所有的人都向他膜拜，他將座下戰馬向前驅走一步，露出跟在身後的士兵們，伸出手，指著那些士兵們喊道：「你們不要膜拜我，這些人才是真正的英雄！是他們不畏強敵，打退了胡虜的進攻；是他們用自己的鮮血和生命護衛著這裏的每一個人；是他們用自己頑強不屈的精神，使得胡虜膽寒，他們才是真正的英雄，是你們應該拜謝的人。」

唐一明的這番話，讓在場的所有士兵都感到自己的尊貴和一種榮耀，這是他們從來沒有過的感受。百姓們聽完，便紛紛向士兵們拜謝，軍民齊心，其樂融融。百姓獻上手中的泉水，給每個受傷的士兵喝。

在山下收拾好一切後，唐一明讓人把得來的武器、馬匹全部帶到葫蘆谷。唐一明料想段龕受到如此重大的傷亡，短時間內不會再有所行動，便讓所有人都上山，唐一明和受傷的士兵也被百姓們輪番用擔架抬上了山。

上山後，王簡趁空建言道：「將軍，如今泰山上有二十多萬民眾，相當於一個縣的人口，若是不好好治理的話，恐怕時間久了會生出變故來。」

唐一明看到漫山遍野的百姓都還沒有房子住，暫時窩居在各個山洞裏，便道：「王大人說得沒有錯，只是對於內政上的事，我懂得並不多，不知道王大人有什麼高招沒有？」

王簡答道：「若想治理好這二十多萬百姓，也不是難事。百姓只要能有飯吃，有衣穿，有房住，誰對他好，他就跟著誰。現今的當務之急是建造房屋，不能總是讓百姓一直棲身於洞穴中，我這兩天觀看了這附近的地勢，斷臺附近的森林，地勢平坦，背靠斷壁，東臨湖水，如果將這些森林開墾出來，便可以依山傍水建造一座堡壘。」

「堡壘？」唐一明好奇地道。

王簡點點頭，緩緩說道：「將軍，與胡虜的一戰，讓我們損失了不少士兵，如果胡虜再次來攻打，我們用什麼來防守？堡壘一旦建成，在沒有兵力的情況下，我們可以退守山上，一來可以給百姓遮風擋雨，二來可以暫避胡虜的鋒芒，胡虜以騎兵為優勢，下馬上山來攻，我們只需躲在堡壘中，便可令胡虜不戰自退。」

唐一明點點頭，覺得王簡說得很有道理，便道：「王大人，除了堡壘，你還有什麼好建議嗎？」

王簡接著道：「民以食為天，如果沒有糧食的話，咱們都會餓死。我見山下有不少荒廢的良田，我們可以發動百姓來開墾，屬下建議。胡虜來騷擾的時候，咱們就上山；胡虜不來的時候，百姓就可以繼續耕種，如此便可解決糧食的問題。」

「王大人不愧是做過尚書的人，你這些話，真是說到我的心坎裏了。那這件事就交給王大人來執行。」唐一明聽完，立即下令道。

「多謝將軍厚愛，屬下必定竭盡全力，辦成此事。」王簡拜道。

唐一明突然在人群中看到一個熟悉的身影，臉上一喜，叫道：

「景略兄！」

唐一明朝王猛揮了揮手，然後忍著腿上的疼痛，向王猛走了過去。

「唐將軍，真巧啊，我們又見面了。」王猛臉上也露出喜悅。

「無巧不成書，咱們見面就是一種巧合。唐將軍，我聽這些百姓說，你帶著兩千多人打退了三萬多胡虜，這事是真的嗎？」王猛道。

唐一明點點頭，指著遠處的士兵說道：「全賴他們，我才能夠打退胡虜。」

「將軍太謙虛了，如果群龍無首，就算他們再怎麼厲害，也無法以少敗多。將軍的謙遜，讓王某十分佩服。」王猛誠心地道。

唐一明看到王猛就在眼前，想到自己身邊缺少一個統籌全局的人，便一把抓住王猛的手，激動地說道：「景略兄，山上這麼多百姓，都是跟隨我避難而來的。這兩天的大戰讓我明白，如果不能有一個立足之地的話，這些百姓的安寧也將很快消失。我沒有什麼大智慧，懇請景略兄給我一個在亂世中生存的良方。」

王猛望著唐一明，從唐一明的眼裏看出一種渴望，他能感受到唐一明握著他手的力道，便看了看左右，對唐一明道：「將軍若真想尋求一個在亂世中生存的良方，請於今晚到舍下一敘，王某靜候將軍的大駕。」

唐一明聽了，臉上一喜，恭敬地向王猛一拜，道：「景略兄，請受我一拜。」

誰知他拜完，一抬頭，便不見了王猛的身影，心中泛起嘀咕：「王猛這是什麼意思？」

「唐將軍……」

唐一明還在思索王猛的用意時，聽見一個動聽的女子聲音，轉過身子，看見李蕊不知何時站在自己的背後。

「將軍，你……你的傷不礙事吧？」李蕊看唐一明滿身血污，胳膊上又增加了新傷，擔心地問道。

唐一明瞅了瞅自己身上的傷，故作輕鬆地道：「多謝姑娘關心，我身上的傷只是皮外傷，過些時間就會好的。姑娘這兩天在山上還好嗎？」

李蕊點點頭，見唐一明一臉血跡，便向前走了兩步，拿出手帕，溫柔地幫唐一明擦臉。唐一明也不躲閃，站在那裏任由李蕊的纖纖玉手將他臉上的血跡擦去。李蕊將手收回之時，手中的手帕早已沾滿了血跡。

「將軍身為萬民之主，戰場上又瞬息萬變，萬一將軍有個閃失，將置泰山上的這二十多萬人於何地？」李蕊垂下手臂，忍不住輕輕責備道。

唐一明聽了，心中略微觸動了一下，道：「姑娘，你可是在擔心我嗎？」

李蕊臉上泛起了紅暈，低下頭，兩隻手輕輕地揉搓著手中的手帕，沒有回答。

「姑娘，弄髒了你的手帕，真是不好意思。」唐一明見李蕊的手帕都被鮮血染紅，靦腆道。

李蕊抬起頭，腮上的紅暈還沒有散去，看著唐一明，深情地說：「區區一條手帕而已，與將軍的救命之恩不能相提並論。將軍，你身上的衣服和戰甲都髒了，脫下來讓小女子給你清洗一下吧。」

「好啊，既然李姑娘不嫌我衣服髒的話，那就交給李姑娘洗了。只是，現在我還有點事要做，姑娘能不能等一會兒？」唐一明高興地說道。

李蕊微微欠身施禮道：「那……我在將軍的房間裹等著將軍。小女子告退了。」

唐一明看李蕊消失在人群中，便向王凱招了招手，喊道：「王大夫，你過來一下！」

王凱問道：「將軍有何吩咐？」

唐一明指了指身上，對王凱說道：「我們身上都髒污不堪，我現在帶士兵們去湖邊清洗一下身上的血跡，你去幫我找點衣服，再弄點鹽水，然後送到湖邊。」

王凱點點頭，下去準備去了。

唐一明便對身邊的士兵喊道：「兄弟們，都跟我走，咱們到湖邊去清洗一下身上的血跡，一定要在美女們的心中留下一個好印象。」

「將軍，我看上了那個姑娘！」黃大從士兵中擠了出來，拉了拉唐一明的衣角，小聲說道。

唐一明順著黃大指著的方向看去，但見一個清秀可人的少女站在人群中，他笑道：「呵呵，大黃，你的眼光真不錯，等忙過這幾天，我選個好日子，然後讓所有的弟兄都去找到自己中意的媳婦。不過，咱們總不能滿身血污的去見人家姑娘吧，走，先洗澡去。」

黃大重重地點了點頭，將手臂朝後一招，大聲喊道：「兄弟們，跟著將軍走，咱們去洗澡嘍！」

在黃大的一聲叫喊後，戰後僅剩的這八百多士兵都相互攙扶著，跟在唐一明的身後，朝森林走去。

穿過斷臺，唐一明帶著士兵在森林裏走了沒多久，便到達那潭碧綠的湖水邊。湖水是山頂上的積雪融化而來，經過許多道彎曲的小溪，最後在這裏匯聚，形成一潭碧綠的湖。湖水呈月牙形，與滿山的綠色相接，顯得格外的幽美。

唐一明來到湖水邊，頓覺心曠神怡，不禁朝湖水大聲喊著：

「啊……」

聲如巨雷的吶喊聲傳遍整座泰山，驚動了森林裏的許多飛鳥，牠們拍打著翅膀，向天空飛去。吶喊聲也同時驚動了山中的野獸，野獸們發出高亢的叫聲，回音迭起，此起彼伏。

喊聲過後，唐一明脫下身上的戰甲、戰袍和那雙醜得要死的鞋子，只穿著一條大褲衩。他深吸了口氣，縱身一跳，一猛子扎進湖水裏，身體靈活地在水中游著，像條魚一樣。

暢游了好一會兒，唐一明浮出水面，看到其他人都站在岸上，便喊道：「你們怎麼不下水？這裏很涼快的，都下來洗洗澡吧！」

趙全臉上一喜，說了聲「好咧」，便把衣服一脫，跳進水裏，緊跟著身後的四五十個人也全部跳入水中。

然而，卻見黃大、黃二等人面面相覷，不敢下水。

「大黃、小黃、胡燕、劉三，你們怎麼不下水啊？快下來啊！」唐一明一邊在水裏自在地游著，一邊對岸上的幾人喊道。

「將軍，我等都是北方漢子，不會游水！」黃大臉上露出窘態，扭捏地答道。

唐一明聽到黃大的話，不禁說道：「你們都是旱鴨子？」

幾個百個人同時點了點頭。

「旱鴨子可不行，我現在雖然只佔據泰山，可是日後還是要以山東為根據地的，山東靠海，以後我還要發展海軍呢，要是你們都是旱鴨子，那我的海軍怎麼建立？」唐一明對黃大等人道：「這樣吧，我讓趙全他們教你們，每天訓練一會兒，直到把你們教會為止。我要讓你們成為我最精銳的部下，上山、下海、騎馬、射箭，都要出類拔萃。趙全！」

趙全游了過來，朗聲答道：「將軍，有何吩咐！」

「為了咱們能夠適應各種生存環境，我決定，以後每天來這裏練習游泳兩小時，直到學會、學精為止。」唐一明下令道。

黃大一臉迷茫地問道：「將軍，兩小時是多長時間？」

「嗯，就是一個時辰，以後每天訓練一個時辰！」唐一明一時忘了轉換時間，回答黃大。

「將軍……」

一個聲音從人群背後傳了過來，王凱領著一群人赫然映入眾人的眼簾。

唐一明見王凱領著一群少女過來，那群少女的手中還都抱著衣服以及鹽水。他全身上下只有一件大褲衩，士兵們有的脫得精光，站在王凱身後的那些美女們見到，立即花容失色，紛紛轉過了身子，不敢直視。

王凱捧著衣服，道：「將軍，我找了許久才找到這件衣服，特來獻給將軍。」

唐一明接過衣服，對王凱說：「王大夫，你讓這些美女們回去吧，一會兒這裏的所有士兵都要清洗傷口，有這些美女們在，實在不合適。」

王凱忙道：「將軍放心，屬下是一時找不到人，所以才暫時找這些美女來幫忙的，請將軍勿怪！」

「你給我們帶來衣服和鹽水，我誇你還來不及呢，怎麼會怪你呢，讓她們把手中的東西放下，然後就回去吧。」唐一明吩咐。

美女便將手中的東西放在地上，走開了。

待美人們都走了之後，唐一明朝身後滿身血污的士兵們喊道：「大家快去湖邊清洗一下身上的血污吧，美女們給咱們送來了衣服，咱們要好好的珍惜才是。」

士兵們聽到了唐一明的話，紛紛動作了起來。

唐一明讓王凱拿來鹽水，將鹽水灑在傷口上，立刻感到從未有過的疼痛，他咬緊牙，硬生生地將幾處傷口都用鹽水清洗了一遍。

鹽水灑在傷口上雖然很痛，卻起到了消毒的作用。他拿過紗布，做成繃帶，纏在受傷的部位上，再穿上衣服。

眾人包紮清洗完畢後，士兵們又將沾滿血污的戰衣和戰甲也給清洗乾淨，然後晾曬在岩石上，大夥兒坐在湖邊，靜靜地欣賞著湖光山色。

太陽落到山的那一邊，不少士兵都睡著了，他們的確太累了，畢竟今天才剛剛經歷一場大戰。

夜裏的泰山顯得格外的寂靜，百姓們經過一天的勞作都十分疲憊，早早地就睡下了，士兵們吃過晚飯後，除了站崗的，其他的也各自歸營休息。

寂靜的夜裏，唐一明帶著黃二、金勇相互攙扶著，前往王猛家。不多久，便來到桃園。三人穿過桃園，便看見小屋映入眼簾。屋裏亮著微弱的燈光，將周圍的黑暗給驅散。

「兵者，詭道也……」

唐一明和黃二、金勇三人走近小木屋，就聽到從木屋裏傳出王猛的聲音。只見王猛手中正捧著一本書，在朗朗地誦讀著。

唐一明不敢打擾，就和黃二、金勇站在門口，默默地聆聽王猛朗誦。

好一會兒，王猛讀完手中的典籍，直起身子，整理了一下衣服，朗聲說道：「唐將軍既然來了，為何不進屋裏呢？」

唐一明聽到王猛的話，拱手道：「聽聞先生正在朗讀兵書，見先生讀得津津有味，所以不敢打擾，因而站在門口等先生讀完。」

王猛哈哈大笑，走到門口，欠身說道：「唐將軍大駕光臨，王猛有失遠迎，還請唐將軍莫要怪罪。唐將軍，裏面請！」

唐一明聽王猛一口一個唐將軍，與之前見到他時大有不同，之前他們都以兄弟相稱，景略兄、一明兄的叫，可這次來，唐一明卻感覺王猛生疏了許多。

他走進木屋，到小桌子前席地而坐。

「兩位不一同進來嗎？」王猛看到站在門外的黃二和金勇，問道。

金勇急忙拱手道：「多謝先生好意，我等站在門外便可。」

「那就隨你們吧，若是站累了，可進來歇息一會兒。」王猛便徑自走進屋內，與唐一明對視而坐。

「景略兄，白天我向景略兄請教在亂世中生存的良方，景略兄讓我到這裏來，現在我來了，景略兄可否將良方相告？」唐一明虛心求教道。

王猛呵呵笑道：「唐將軍，良方已在你的心中，又何必明知故問呢？」

唐一明道：「景略兄，我今天來只有一個目的，就是想請景略兄出山，與我一同結束這個亂世，建立一個太平盛世。不知道景略兄可否願意助我一臂之力？」

王猛聽了，臉上的表情絲毫沒有變化，左手撐地，斜躺在草席上，右手伸進懷裏搓揉，一會兒將右手從懷裏拿出來，拇指和食指之間竟然多了一個小小的泥球。

唐一明見狀，心道：「此人處變不驚，談笑自若，而且還不拘於小節，表現率真，當真是天下少有。」

王猛輕鬆地將泥球彈了出去，或許是忍受不了天氣的燥熱，又將自己胸口的衣服給扯開一點，露出一片稀稀疏疏的胸毛，然後隨手抄起一本書，輕輕地扇著風。

唐一明見王猛又是搓泥、又是扇風的，就是不回答他的問題，便向王猛誠懇地拜了拜，又重複地問道：「景略兄可否願意助我一臂之力？」

王猛笑了笑，卻不置可否，淡淡地說道：「唐將軍，今天的談話就到這裏吧，咱們改日再談。」

唐一明一怔：「景略兄……」

王猛沒等唐一明說完，便站起身子，做出一個手勢，同時說道：「唐將軍，天色已晚，請回吧！」

黃二站在門邊，從看見王猛搓泥那一刻心中便來了火氣，此時聽到王猛趕唐一明走，心中怒火一下子燃了起來，徑直走進屋裏，一把抓住王猛，瞪眼吼叫道：「你這人好生沒有教養，我家將軍親自來請你，已經是很看得起你，你居然還敢趕我家將軍走？你他娘的吃了熊心豹子膽啦？」

唐一明見黃二為他打抱不平，快步走上前去，阻止黃二道：「黃二！快鬆開，不得對先生無禮！」

金勇見到這種突發狀況，也急忙進了屋子，拉著黃二便向門外拽。

黃二在唐一明的喝令下鬆開王猛，一肚子怒火沒處撒，掙脫開金勇，便向門外走去。

「金兄，你快出去看著黃二，別讓他再捅出什麼婁子來！」唐一明急忙對身邊的金勇說道。

金勇應了一聲，便立刻走出屋子。

唐一明抱歉地對王猛說道：「我的手下太過魯莽，還望王先生海涵。先生可有什麼大礙嗎？」

王猛胸口的衣服被黃二抓亂了，他也不去整理，只是緩緩說道：「唐將軍不必賠禮，士兵的脾氣難免會暴躁一點，我沒有什麼大礙，唐將軍就不用操心了，自管回去吧，咱們改日再聊。」

唐一明本來還想說什麼，一想心急吃不了熱豆腐，便輕嘆了口氣，轉身走出木屋。

「將軍慢走，王某就不送了。」王猛看著唐一明的背影，淡淡說道。

唐一明剛走出屋子，便看見從木屋後面走出一個穿著十分普通的漢子，漢子三十多歲，面色黝黑，下巴蓄著鬍子，肩膀上扛著把鋤頭，褲腿挽到膝蓋處，露出十分粗壯的小腿，腳上穿著一雙草鞋，草鞋上還沾滿了泥巴，與一般農夫沒有什麼區別。

那個漢子瞅見唐一明三人，說道：「景略，今天好熱鬧啊，家裏竟然來了那麼多人啊。」

王猛聽到這個聲音，忙從屋裏走了出來，臉上洋溢起笑容，道：「大哥回來了，小弟有失遠迎！」

「得了吧！甭跟我來這一套，我今天剛好閒來無事，特地來看看你，順便給你送點糧食來！對了，我上次給你送的麥子吃完了嗎？」漢子回道。

漢子邊說邊將肩膀上的鋤頭給放了下來，鋤頭上竟然綁著一麻袋的糧食。

唐一明見王猛對這個漢子十分尊重，還喊他大哥，便好奇地問道：「王先生，這位是……」

「我叫王勇，是他大哥。你是誰？」那個漢子搶在王猛前面說道。

漢子解下綁在鋤頭上的糧食，一手將麻袋的糧食給提了起來，走到王猛面前，將糧食放在地上。唐一明見那麻袋的糧食少說也有個四五十斤，王勇很輕鬆地便提了起來，不禁為他的臂力吃驚。

他急忙向王勇說道：「原來是王先生，失敬失敬，在下唐一明，敢問先生字號？」

「王什麼先生啊，我就是村夫一個。你叫我王勇便可。我可不像王猛，還搞什麼字號，那些都是文人弄的名堂，我就是個普通農夫而已。」王勇豪邁地道。

唐一明看著眼前這個漢子，又看了眼王猛，心想：王勇、王猛，嗯，兩人相貌如此相仿，應該是親兄弟了。只是為什麼我來了兩次，今天才看到王勇？

「呵呵，王先……王大哥真是率真之人，讓在下佩服。王大哥，在下來這裏兩次，為什麼前次沒有看見過你？」唐一明不禁問道。

王勇聽了，解釋道：「哦，我們兄弟二人住的地方不同，他在前山種桃子，我在後山種麥子。由於路途很遠，道路又難走，所以我偶爾來一次，給他送些糧食。哎，唐兄既然來了，為什麼不進屋裏坐一坐？」

唐一明忙道：「哦，我就不打擾二位了，就此告辭！」

黃二、金勇兩人等在一旁，見唐一明走過來，黃二冷冷地「哼」了聲，便和金勇一起扶著唐一明順著來的路走了回去。

第六章

三請王猛

唐一明道：「金勇說得不錯，
也許我說的太直接了，得給王猛好好地考慮一下。
要效仿劉備三請諸葛亮，也做好三請王猛的心理準備，
無論如何也要將王猛給請出來，
絕對不能讓他落在別人的手上。」

王猛提起糧食，放進屋裏，然後對王勇說道：「大哥，你也累壞了，進來歇息一下吧！」

王勇「嗯」了一聲，大步跨進屋裏，大聲說道：「給我倒點水，渴死我了！」

王猛給王勇倒了水，問道：「大哥，你今天怎麼有空過來？」

王勇接過水，咕咚咕咚地喝下肚，說道：「大哥怕你的糧食吃完，正好農活做完，時間還早，就給你送來。麥子長得差不多了，再過一個月左右，咱們就可以吃新的糧食了。對了，這個姓唐的是誰？找你幹什麼來啊？」

王猛說道：「最近泰山上來了二十萬人，唐一明便是這些人的首領，他是魏國的車騎將軍，來請我出山。」

「哦，怪不得呢，我老聽到前山有人嬉笑，原來一下子來了那麼多人啊，那以後山上不是熱鬧多了。對了，他請你出山幹什麼？你答應了嗎？」王勇緩緩問道。

王猛搖搖頭，道：「他想要我助他一臂之力，我還沒有答應，但也沒說不答應。」

王勇聽到王猛的話，十分費解地道：「你如此猶豫不決，很不像你的作風啊。我看這個姓唐的雖然穿著普通百姓的衣服，可身上卻透著一股說不出的王者氣息，大哥是個粗鄙的人，對天下大勢不如你瞭解，你到底是怎麼想的呢？」

王猛臉上顯出十分無奈的表情，嘆了口氣，道：「大哥，你有所不知，我是有難言之隱啊。」

王勇道：「你有什麼難言之隱？說出來給我聽聽。」

王猛道：「這幾日在泰山之側發生了一場大戰，齊王段龕領著三萬多人來攻打泰山，卻被唐一明帶領的兩千多士兵給擊退了……」

王猛的話還沒說完，王勇便喊道：「兩千多人打三萬多人？這仗是怎麼打的？」

王猛說道：「其實也不難，泰山地勢險要，只要依照地勢守住入山的道路，便可以做到一夫當關的局勢。我趁著這兩天走訪了前山的百姓，瞭解到唐一明的一些事，加上我和他交談時對他的印象，覺得此人是應劫而生的雄主，假以時日，必定會成為亂世中的一代霸主。」

「你隱居多年，不正是在等待一個明主嗎？那為什麼不隨他一起出山呢？」王勇不解地道。

王猛慎重地道：「大哥，我沒有說不追隨他，只是此事不能操之過急，得慢慢來。唐一明做事果斷，心中記掛著天下百姓，確實是個不可多得的明主。以他的才華和智慧，完全可以靠自己獨霸一方。我擔心的是，我的個性剛直，與他不同，如果我答應他，以後的日子裏萬一和他發生言語上的衝突，久而久之，肯定會惹他生厭……」

王勇聽了，不禁搖頭道：「不是大哥說你，你這個臭脾氣也該改改了，凡事不能太認真，哎，既然你擔心會和他發生衝突，那就不要出山了，留在這裏繼續隱居，他走他的陽關道，你過你的獨木橋吧。」

「呵呵，大哥說得好輕巧啊，如果不出山的話，小弟只有死路一條。」王猛冷笑道。

王勇聽了越加糊塗，急忙問道：「你的意思是說……他……他會殺你？」

王猛點點頭，道：「臥榻之側，豈容他人酣睡？唐一明慧眼識人，第一面見到我的時候便看出了我是懷才不遇的人，加上他又是天下少有的雄主，我若是不出山襄助於他，他肯定不會放過我。大哥，如果你是他的話，你會眼睜睜地看著我在你眼皮底下溜走，日後幫助他人與你為敵嗎？」

王勇聽了，似乎明白了其中的道理，便道：「那你說該怎麼辦？出山助他的話，依你的性格，肯定會和他鬧翻；不出山助他吧，你的性命又只在旦夕。你平時主意最多，趕快想個辦法出來吧。」

王猛安慰道：「大哥，你放心，劉備請諸葛亮都還要三顧呢，他暫時不會對我下手的。」

王勇聽了王猛的話，重重地嘆了口氣，擔憂地道：「大哥可不希望看你這麼早地就死了，無論如何，你要想個辦法出來，或者暫且屈身於他，至少可以活命。」

「哈哈！大哥放心，我不出山則已，一出山就要用我畢生的才學，轟轟烈烈地幹出一番大業來。他有張良計，我也有過牆梯，大哥，你不必為我擔心，我是不會就這樣默默無聞地死去的。」

王猛的目光中閃過一絲光芒，心中似乎已經有了主意，爽朗地對王勇說道。

唐一明在黃二、金勇的攙扶下走過桃園，心中疑惑重重，他實在想不通為什麼王猛對他態度丕變，平淡了許多。

黃二心中怒氣未消，此時走過桃園，便發作起來，大咧咧地罵道：「這個王猛，擺什麼架子？將軍，你親自來請他，已經是很給他面子了，他居然還敢趕將軍走？他算個鳥！將軍，只要你一聲令下，我這就去把他掐死！」

「黃都尉，你快別說了，將軍能親自來請王先生，足以證明王先生確實是個大才。將軍慧眼識人，不會看錯的，劉備不是三顧茅廬才得到諸葛亮的嗎，咱們和將軍才來了一次，總得給人家一個考慮的時間吧？」金勇耐心地勸道。

唐一明「嗯」了聲，淡淡說道：「金勇說得不錯，也許我說的太直接了，得給王猛一個時間好好地考慮一下。我既然要效仿劉備三請諸葛亮，也就做好了三請王猛的心理準備，無論如何也要將王猛給請出來，絕對不能讓他落在別人的手上。」

「將軍，要是咱們三次都沒有辦法將王猛請出來呢？」黃二忍著怒氣道。

黃二這句話讓唐一明感到心中一震，他一心只想到如何去請王猛出山，卻從來沒有想過萬一請不出王猛的事。

「如果三次都無法將王猛請出，與其讓他以後幫助苻堅平定天下，成為我的對手，不如防患於未然，先殺了他，好了卻我的後顧之憂。有王猛相助，我會事半功倍；沒有他相助，我也能打造出一番天地來。人不為己，天誅地滅，更何況是身處亂世之中，我得不到他，別人也休想得到他。」

唐一明目光中閃現出一絲殺意，不情願地說出這句話。

黃二聽到，自告奮勇道：「將軍，日後你要殺王猛的時候，記得告訴我，我親自去結果了他，把人頭拿來獻給你。」

「黃都尉，將軍只是說萬一，並非真的要殺他，你可別輕舉妄動。」金勇趕忙提醒黃二道。

「好了好了，都不要說了，明天早晨，咱們再來請王猛一次。一夜的時間也夠他好好地考慮清楚了。他跟著我，總比跟著苻堅要強得多。」唐一明淡淡說道。

金勇和黃二聽唐一明兩次提起苻堅的名字，異口同聲地問道：「將軍，你兩次提起苻堅，苻堅又是誰啊？」

唐一明解釋道：「苻堅是個氐人，以後會是一個皇帝，前秦……不，是秦國的皇帝。」

唐一明想說前秦，可是這是歷史上為了區別秦始皇的那個秦朝而給的歷史稱號，在當時，應該還是叫秦國，所以他立即改口。

「呸！又是一個胡人！王猛要是敢去幫胡人對付咱們漢人，看我不扒了他的皮！」黃二朝地上吐了口口水，一臉的怒意道。

三人不一會兒回到斷臺，唐一明便道：「你們都累了一天了，快回去休息吧！」

木屋透出燈光，唐一明推開房門，見李蕊正坐在床上，一臉的焦慮之色。

李蕊看到站在門口的唐一明，臉上的焦慮立刻轉變為欣喜，急忙走到門邊扶住唐一明，嬌聲道：「將軍，你回來了？」

唐一明奇道：「嗯，你怎麼還在我房裏？」

「將軍，不是你讓小女子等在這裏的嗎？」李蕊攙扶著唐一明，慢慢地走到床邊。

唐一明拍了一下自己的腦袋，道：「哦，你瞧我這記性，我差點忘記了，呵呵。李姑娘，讓你久等了，現在夜已經深了，就請姑娘回去安歇吧。」

李蕊聽到這話，心中不免有點傷感，臉上高興的表情也頓時煙消雲散，怯怯地問道：「將軍，你要趕小女子走嗎？」

「啊？不是，我怎麼會趕你走呢？我……」唐一明的話說到一半戛然而止，他想說他巴不得李蕊留下來，可是話到嘴邊又給吞了回去。

「將軍，小女子現在已經是將軍的人，難道你就不能讓小女子好好地伺候將軍一回嗎？」李蕊嬌聲說道。

唐一明聽了，臉上一怔：「我的人？我何時跟你……？你怎麼突然就成我的人了？」

李蕊眼裏滿是傷感，低下頭道：「將軍，你難道忘記了，就在前天晚上我曾經對將軍說過的話了嗎？」

「前天晚上？」唐一明自言自語地說道，腦海裏回憶著前天晚上的事。

「我知道將軍是正人君子，將軍前天說的那番話深深地打動了我，我從那刻起，就已經決定了生生世世跟隨將軍，生死都是將軍的人。將軍既然不要我，我活著還有什麼意思？」

李蕊說完，眼睛落下淚來，黃豆般大小的淚珠滴落在地上。

唐一明看見李蕊哭了，急忙安慰道：「李姑娘，你別哭啊，我也不是你說的什麼正人君子，說白了，我是個極為平凡的人，能夠得到姑娘的垂青，是莫大的榮幸。其實，我也很喜歡姑娘，自從第一次和姑娘在濟南城見面後，我的腦子裏就會經常浮現起姑娘的影子，沒有見到你的時候，就會特別地想你。姑娘，我這樣做，只是怕你一失足成千古恨，怕你會後悔跟了我，所以想讓姑娘想清楚。

姑娘，你真的願意做我的女人嗎？」

李蕊歡喜地道：「將軍，這兩天小女子考慮得很清楚，在亂世中，女人就如同禮物一樣，甚至連禮物都不如，我李蕊雖然家道中落，卻也是讀過詩書的人，對將軍這種大仁大義的表現，小女子深深地佩服。」

「姑娘剛才說家道中落，姑娘的家裏原來也是士族嗎？」唐一明好奇地道。

李蕊娓娓道：「我家本來是冀州的望族，當時冀州是在趙國的統治下，由於石虎荒淫無道，殘暴不仁，我爹爹看不下去，便上疏石虎收斂一點，誰知那石虎不但不聽，竟然下令將我爹爹斬首示眾，家裏人也牽連其中，只有我一個人逃出來。可誰曾想，走到半路上，就被趙國的軍隊給抓走，和其他女子一起被送入趙國的後宮裏供石虎玩樂。一個月後，石虎突然死了，我和其他女子總算免除遭到那個暴君的侮辱。後來，我就一直待在宮裏，一等就是三年，直到王尚書將我們給解救出來……」

唐一明聽李蕊說起她的身世，感慨道：「我一定要儘快結束這樣的亂世，給所有百姓一個太平的盛世。」

李蕊聽到唐一明的豪言壯語，當即說道：「將軍，我聽說是你讓王大人將我們救出來的，從那一刻起，我就很想當面感謝將軍，今天果真如願，將軍在上，請受小女子一拜！」

唐一明趕忙道：「姑娘，我只是盡一點自己的綿薄之力而已，真正要感謝的還是王尚書，要不是他從中幫助，只怕你們現在還在宮裏呢。」

李蕊道：「不管如何，將軍對我都有救命之恩，小女子總是要感謝將軍的。將軍……小女子真的不能陪伴在將軍的左右嗎？」

唐一明聽李蕊的話語對自己癡心一片，輕嘆了口氣，溫柔地說道：「有佳人為伴，我唐一明又有何求？牡丹花下死，做鬼也風流，姑娘，我不要你做牛馬，也不要你為奴婢，只要你做我的妻子，陪伴我一生一世，你願意嗎？」

李蕊抬起頭，臉上泛起一抹紅暈，眼睛直勾勾地望著唐一明，堅定地說道：「願意，只要將軍不嫌棄，小女子願意陪伴將軍一生一世，永不背離！將軍，小女子這就伺候將軍就寢吧！」

李蕊伸出纖纖玉手，十分羞怯地褪去唐一明的上衣，露出了寬闊結實的胸膛，胳膊和腹部上各纏著一條繃帶，胸口上還有幾處疤痕。

李蕊看著唐一明的上身，臉上更紅了，伸出玉手，怯怯地放在唐一明胸口上，輕輕地撫摸那些疤痕，憐惜地說道：「將軍身經百戰，留下這一道道的傷痕，讓我看了實在是心疼不已，將軍難道就感受不到一點疼痛嗎？」

唐一明搖搖頭，道：「這些都是小傷，死不了的，疼痛固然還在，習慣就好了。這十幾天來疼痛無處不在，我已經習慣了，也麻木了。」

李蕊深情地望著唐一明，說：「將軍，從此以後，我就伺候在將軍身邊，讓將軍再也感受不到半點的疼痛。」

唐一明聽了道：「從今以後，你就是我的老婆了，你不用再低聲下氣的，女人和男人是一樣的，是平等的，你以後和我相處久了，你就會發現我不是那種男尊女卑的人。夜深了，我去把門關好，咱們就休息吧。」

李蕊低下頭，緩緩寬衣……

第二天，王猛的木屋外，王勇正在用斧頭劈著柴，發出十分清脆的聲音。

「王大哥，起得好早啊！」

唐一明漫步向木屋走去，邊走邊拱手大聲喊道。

王勇正在劈柴，聽到爽朗的叫聲，扭過臉，看到唐一明在前，金勇在後，信步朝他走來。他急忙丟下手中的斧頭，向唐一明拱手說道：「原來是唐將軍，昨日一別，將軍可睡得好嗎？」

唐一明走到王勇身邊，向王勇拜道：「實不相瞞，昨日我一夜未眠，不請出令弟，我是寢食難安啊。王大哥，令弟可在屋內？」

「哦，在，他昨夜也和將軍一樣，一夜未眠，現在正在屋內睡覺呢。將軍要是找他有事，我這就去把他叫醒，來見將軍。」王勇客氣地回道。

唐一明急忙擺手道：「王大哥，不急，先生既然一夜未眠，那就讓他多睡一會兒，我在這裏等候就是了。」

王勇也不客氣，當即拱手道：「哦，那將軍請自便，我們這裏也沒什麼好招待的，將軍莫要怪罪。我還要去後山砍柴，就不陪將軍了。」

唐一明見王勇獨自向屋後走去，忙道：「王大哥，請留步。」

王勇剛走出沒幾步，聽到唐一明叫他，轉過身子，問道：「將軍叫我有什麼事嗎？」

「王大哥，山上不安全，經常有野獸出沒，我讓手下陪你一起去吧，路上也好有個照應。」唐一明道。

王勇聽了，哈哈大笑起來，道：「將軍，你未免也太小看我了，我在山上住了好幾年了，什麼樣的野獸沒有見過？將軍放心，我去砍柴，要是碰上野獸，就順便帶點野味回來。」

王勇說完轉身就走，不一會兒便看不到他的背影了。

唐一明走到木屋門口，朝木屋裏望了一眼，見王猛躺在床上睡覺，還打著呼，自語道：「看來王先生當真是一夜未眠，竟然睡得如此香。」

唐一明便走到小溪邊，坐在溪邊一塊大青石上，靜靜地等待王猛睡醒。

金勇低聲問道：「將軍，咱們是要一直等下去？」

「嗯，咱們既然來了，就要有誠意；也不能白來，一定要和他說上一番話才可以，這就叫做程門立雪。」

「程門立雪？將軍，什麼叫程門立雪？」金勇不解地問道。

「程門立雪是個成語，坐！我慢慢地講給你聽。」

唐一明將程門立雪的故事講給金勇聽，金勇聽了，問道：「將軍，這程頤和楊時都是誰啊？為什麼我之前沒有聽說過呢？」

唐一明笑而不答。

不知不覺，太陽升到了半空中。

「將軍，都日上三竿了，為什麼王猛還不醒？」金勇沉不住氣了，問道。

唐一明不以為意地道：「睡覺嘛，就要睡到自然醒，沒關係，咱們有的是時間。段龕已經退去了，一時半會兒也不會再有所行動。現在最主要的，就是將王猛請出山，我太缺少像他這樣能夠掌控大局的人了。」

金勇聽了，站起身來，看附近的木樁上還有一把斧頭以及一些沒有劈完的柴，便對唐一明說：「將軍，這樣等下去太無聊了，我劈柴去！」

「嗯，去吧！」

唐一明坐在溪邊，眼睛雖然盯著溪裏歡快游動的魚兒，心裏卻在默默地念道：「也不知道王猛心裏是怎麼想的，到底願意不願意出山助我？他這呼嚕聲打得是越來越響了，我怎麼感覺這是他故意打出來的呢？難道王猛是在考驗我嗎？」

唐一明坐在那塊大石頭上都快要睡著了，耳邊響起金勇劈著柴的鏗鏘有力的聲音。

到了正午時分，王勇回來了，背著一捆乾柴，手裏還提著一隻野兔。

王勇見唐一明仍坐在溪邊，嘴角洋起一絲笑容，心想：看來這唐一明是真的很想得到景略，不然又怎麼會從早晨等到中午呢？也不知道景略的那三個條件，唐一明會不會答應？

「呵呵呵！」

「王大哥，您回來了！」

王勇點點頭，將背上背著的那捆柴給放在地上，又將裏拎著的野兔給高高地舉了起來，衝著唐一明笑道：「唐將軍，現在到了日中，剛好我弄來一隻野兔，咱們今天就吃點野味吧。」

「大夢誰先醒，平生我自知！」

唐一明聽到這個聲音，臉上立刻變得喜悅起來，喊道：「王先生醒了，太好了！」

「哦？唐將軍？你怎麼來得那麼早啊？」王猛從床上爬了起來，穿上鞋子，走到門口。

「早什麼早？你也不看看都什麼時候了，唐將軍已經在門外等你一個晌午了。」王勇接口道。

王猛欠身埋怨道：「哎呀，大哥，唐將軍來了，你為什麼不叫醒我？」

唐一明忙道：「只要能見上王先生一面，就是再等上十年八年的也無妨。」

王猛側過身子，伸出手，做出一個「請」的手勢，對唐一明說道：「唐將軍，外面太陽毒辣，就請進屋裏吧！」

王勇說：「景略，你好好招待唐將軍，我去做野味！」

金勇聽王勇說要做野味，便道：「王大哥，做野味我可有一手，不如我和你一起吧！」

王勇笑呵呵地拍了一下金勇的肩膀，說道：「好啊，難得有人幫我。兄弟，不知道如何稱呼你？」

「在下金勇。」金勇拱手說道。

「哈哈哈！我叫王勇，你叫金勇，我們兩個人的名字裏都有一個勇字，看來也是天意如此。來來來，咱們二勇一起去做野味。」王勇爽朗地道。

唐一明和王猛面對面的坐下，誠摯地道：「王先生，在下求賢若渴，王先生又是不世的奇才。昨日在下的提議，不知道王先生可曾考慮過？」

王猛聽唐一明直接步入主題，便問道：「將軍當真是誠心請我出山嗎？」

唐一明聽王猛這樣問他，立即舉起三根手指，道：「天日昭昭，我心明鑒，我唐一明在此對天發誓，我若不是誠心請先生出山，今生便死無葬身之地！」

王猛聽唐一明發下如此狠毒的誓言，忙道：「唐將軍，你能做到請我出山後絕不後悔嗎？」

「我巴不得你出山助我呢，又怎麼會後悔呢？王先生，你是不是有什麼顧慮？」唐一明似乎看出王猛眼神中一絲淡淡的哀愁。

「不瞞將軍，我確實心中有所顧慮，我擔心自己的想法和將軍的想法會有諸多衝突，所以昨日未敢直言，還望將軍恕罪！」

「在我的印象中，我和先生的想法基本上是一致的，都是希望建立一個太平盛世，先生還有什麼好顧慮的呢？」唐一明不解地道。

「將軍有所不知，雖然我們大致想法基本吻合，但問題是看怎麼樣來治理。將軍那套三權分立的說法，在我看來，確實是穩固太平盛世的根本，不過，照現階段的形勢來看，如果過早地施行三權分立，只怕會政令不統一，倒不如直接加強中央集權，在一個強有力的權力保障下，慢慢推行三權分立；加上我的脾氣有點臭，做起事來非常認真，只怕以後少不了會和將軍發生想法上的衝突。」王猛終於說出心中的憂慮。

「王先生，聽了你的話，讓我茅塞頓開。關於治民之道，我並不是太懂，日後還要仰仗王先生，三權分立雖然想法很好，卻也要實事求是，不能強硬地嵌套，三權分立只是一個學說，未必就能適合這個亂世的治民之道，所以，王先生儘管放心，只要先生肯出山助我，咱們完全可以商量出一套新的治民之道來。」

王猛見唐一明一臉誠意，便說：「將軍，王某有三個條件，只要將軍答應我這三個條件，王某定會竭盡全力輔佐將軍，以達成一番宏偉霸業。不知道將軍肯答應否？」

「別說三個條件，就是一百個、一千個我都能答應，王先生，你有什麼條件，儘管說出來吧。」

王猛道：「唐將軍，我的條件要是你全答應了，我自然會出山助你，如果有一個不答應的話，那我只能繼續隱居此地了。」

唐一明高興地道：「王先生，你快說，到底是哪三個條件？」

「第一個條件，我出山後，除了軍隊，山上的大小事務全交給我主持，所有的事情都要經過我的許可後才能有所行動。」

「管理這二十多萬人，我的心力憔悴不堪，正愁沒有人能夠幫我分憂解難呢，既然你願意替我操心，我也省去了很多麻煩，可以專心訓練部隊，我正求之不得呢。答應答應，那第二個條件呢？」

「我出山後，要制定法規來約束軍民，使管理走上正軌，一旦法規制定出來之後，只要是山上的人，包括將軍在內，要是觸犯法律，都要依法辦事，誰也不得徇私枉法！」

「這個條件不在話下，用法律來約束行為是應當的，現在正需要一個法治的社會。天子犯法，與庶民同罪，十分合理。這第二個條件，我也答應。」

「好！既然將軍已經答應了兩個條件，那第三個條件嘛……但凡有大事發生，將軍必須先問我，千萬不能擅自作主，凡事待我們商議過後才能加以施行。如果這個條件將軍也答應，那我王猛無話可說，必定竭盡全力輔佐將軍，在這亂世中成就一番霸業。」

唐一明不解地道：「敢問王先生，何謂先生口中的大事？」

「大事者，征伐、外交、禮儀、祭司、百官、婚嫁等皆屬其中。將軍可要考慮清楚，且莫日後反悔。」

「王先生，婚嫁之事是個人的事情，也算在大事之內嗎？」

「別人的婚嫁之事，我不用管，可是將軍的婚嫁之事必須要先和我商量。將軍是萬民之主，婚嫁之事，豈能兒戲？」

唐一明重重地點了點頭，說道：「王先生，第三個條件我也答應你了。」

王猛聽完，臉上沒有任何表情，慎重其事地問道：「將軍真的答應？不後悔？不後悔？」

「不後悔！君子一言，駟馬難追！」

王猛臉上揚起一抹笑意，然後雙膝跪在地上，向唐一明深深地拜了一拜，同時高聲叫道：「主公請受王猛一拜！」

唐一明急忙起身走到王猛身邊，將王猛給扶了起來，說道：「景略兄，你何須行此大禮？」

王猛站起身子，聽到唐一明叫他景略兄，當即有點不樂意，堅定地說道：「主公，以後景略就是你的屬下了，你是我的主公，我是你的臣屬，這主屬有別，不能再以兄弟相稱了，還望主公日後且莫忘記。」

唐一明聽了，心中竊喜道：「這王猛還真是個實誠人，既然他認定我為主公了，那我該稱呼他什麼呢？凡是古代有學識的人，直接叫名字是對他們的不尊重，我又不能直接叫他王猛，叫景略吧，又顯得不夠親切，該怎麼叫呢？對了，古代人不是喜歡叫『公』嗎？那我就叫他景略公，這樣的叫法夠尊重他了吧！」

「景略公！你既然肯出山助我，那就請為我謀劃一條在亂世中立足的道路吧。我除了知道北有燕，南有晉，青州有段龕之外，對天下的形勢還不怎麼瞭解，如果在泰山立足，我該怎麼在亂世的縫隙中生存呢？」

王猛見唐一明稱呼他為「公」，足證唐一明對他的尊重，便對唐一明說道：「主公，請坐，咱們慢慢詳談。」

·第七章·

天然寶地

兩人席地而坐，王猛侃侃而談道：
「主公，其實在亂世中生存並不難，
泰山是個天然的寶地，有山有水，
又是青州和兗州的交匯之地，只要牢牢地佔據住此地，
便可觀測天下大勢，以求日後突破。」

兩人便席地而坐，王猛侃侃而談道：

「主公，其實在這亂世中生存並不困難，泰山是一個天然的寶地，有山也有水，又是青州和兗州的交匯之地，我們只要牢牢地佔據住此地，便可觀測天下大勢，以求日後突破。

「當此之時，北有強燕，南有大晉，西有秦、涼，青州又有段龕的齊國，可謂形成割據之勢。秦、涼二國位在遙遠的西北地區，可以暫且不管，但當務之急，應該先封鎖住進出泰山的要道，以防止齊王段龕的再次進攻；其次是北方的燕國，這是一個非常有實力的國家，相信不出兩個月，燕國肯定能掃平黃河以北，之後，大軍也會大舉南下。

「燕軍的到來，對我們倒是一個契機，以燕國的長遠發展來看，佔據青州的齊王段龕，肯定是首個攻擊目標，段龕雖然同為鮮卑人，但是在實力上和軍隊戰鬥力上根本不如燕軍，肯定會被燕軍滅掉。所以，如今的事情，就要全部圍繞著泰山來做，加強泰山的防守，處處設防，處處安排下陷阱，在燕軍到來之前，要做到防守堅固，萬無一失。」

唐一明聽了，覺得王猛分析得十分有道理，說道：「景略公，你的話說到我心坎裏了，燕軍也是我最為擔心的，我只怕他們再滅掉段龕之後，會發動對泰山的攻擊。所以這之前，我一定要訓練出一支新的軍隊來，以防止燕軍的進攻。」

王猛呵呵地笑道：「主公說得沒錯，只要我們一直保持著昂揚的精神，先佔據泰山，再圖青州、徐州。雖然北有強燕，南有大晉，按照燕軍現在的強勢和戰略目標，肯定會向西用兵，我們可以在這段時間裏好好地發展青州和徐州，一面鼓動南方的大晉北伐，一面與北方的強燕通好，只有如此，才能在青州和徐州立足，獨霸一方。」

唐一明高興地說道：「景略公真是高見啊！」

「主公，眼下要做的事情還有很多，如何解決百姓的溫飽，是個大難題，我想讓一部分百姓在山坡上開荒種地，我大哥在後山有一片麥田，我這裏又有這片桃園，可以靠著種植這兩樣東西來自產自食。」

「嗯，景略公的想法和我如出一轍，山中也有不少果樹，只要我們加以利用，便可以種出不同的果子來。另外，山中也有不少野獸，只要馴服那些野獸，便可以圈養起來，湖中還有魚，總之，大自然中有許多可用的地方，只要我們好好加以利用，就可以成為我們的工具和食物。」唐一明附和道。

王猛轉眼看見門外面站著的金勇，又聞到一股肉香，便對唐一明說道：「主公，你也餓了吧，不如我們邊吃邊談。」

「景略公，咱們一起用餐去吧！」

「景略從命，主公請！」

王猛剛一出山，唐一明便當著眾人的面拜王猛為軍師，總攬泰山上的大小事務；又讓金勇招募了兩萬女兵，讓李國柱招募一萬名六歲到十五歲的少年組成童子軍。

忙完這些，唐一明則帶著人下山，在進山的要道上佈置陷阱，修建防禦設施。

唐一明沿途觀察著山道兩邊的地形，然後對眾人說道：「你們在這裏好好地幹，我和周雙上山勘探一下地形，我要看看在這裏適合不適合建造碉堡。」

「碉堡？將軍，啥叫碉堡？」黃大好奇地問道。

「碉堡就是軍事上防守用的堅固建築物，用磚頭、石塊建成，人可以在裏面休息，等於是一個堡壘一樣。」唐一明解釋道。

「好了，你們帶著弟兄們上山搬石頭，我和周雙去附近轉轉，另外，吩咐十幾個弟兄，讓他們回去帶些刀斧之類的工具來，一會兒能用上。」唐一明吩咐道。

周雙便和唐一明從斜坡朝山上走去。

「小周，我聽李老四說，你以前是鐵匠？」唐一明邊走邊說。

「回將軍，是的。」周雙點點頭。

「那你會不會打鐵？」

「將軍，我六歲的時候就開始幫我爹打鐵了，一般的農具、兵器都不在話下。將軍是不是想讓我打造兵器？」周雙扶著唐一明問道。

「聰明！不過，除了打鐵之外，你知道怎麼尋找鐵礦嗎？」

「鐵礦？我家三代打鐵，找鐵礦這點小事倒是難不倒我。」

唐一明滿意地點點頭，說道：「那好，小周，咱們現在最缺少的就是鐵礦，泰山上有沒有鐵礦呢？」

「這個我不知道，得先探堪一番才知道。」周雙不確定地答道。

「嗯，那你願不願意花些時間，在泰山上探勘一下，如果確定有鐵礦存在的話，我就專門造一個大爐子，由你來負責打造農具、兵器。你說怎麼樣？」唐一明詢問周雙。

周雙一臉興奮地道：「將軍，只要你開口，別說是泰山，就是整個中原，我都願意去找。」

唐一明滿意地拍了拍周雙的肩膀，說道：「嗯，不錯，果然是我的好部下。我準備過兩天就派你去勘探鐵礦，你帶十幾個人一起去，沿途也可以教授他們一些勘探的技巧。」

「將軍放心，我一定完成任務！」

「哈哈哈，好！走，咱們再往上走走，我也好看看地形，確定一下該怎麼樣來防守此地。」

周雙點點頭，攙扶著唐一明，向山坡的頂端走去。

山坡的坡度越往上就越陡，唐一明和周雙走了半個多時辰，這才到達山坡的頂端。

唐一明站在山頂上環視四周，往泰山方向望去，但見一個山坡挨著一個山坡，連綿起伏，一直綿延到泰山腳下。往北望去，可以看見一望無垠的田野。

他發現這是個絕佳的制高點，可以在這裏建立一個瞭望塔。接著他走到斷壁邊，朝下面的山道望去，一條彎彎曲曲的山道展現在眼前。

「這裏離地面少說也有一百多米，如果在這裏建造一個小型的瞭望塔，不僅可以觀測敵人，也可以借助這裏施放烽火或者其他的信號來傳遞消息。」

「咱們下去吧！」唐一明心中有了想法。

入山的道路上，士兵們不停地從山上搬運來石頭，堆在道路兩邊。

「你們都累了，停下來休息休息吧。」唐一明吆喝著，士兵們紛紛停下了手中的活，坐在地上休息。

唐一明見到胡燕，前兩天他派胡燕去濟南監視段龕的部隊，見他回來，便問：「你回來了？濟南有什麼動靜？」

胡燕回道：「啟稟將軍，段龕自兵敗後，便龜縮在濟南城裏，屬下打探到他派人到廣固城徵調軍隊，估計三日內軍隊便可以集結完畢。」

「調集軍隊？」唐一明一聽段龕調集軍隊，緊張地問道。

胡燕不慌不忙地說：「將軍，你不必擔心，這次段龕調集軍隊不是來對付我們的，而是準備駐守黃河沿岸。我昨天混入濟南城，得知一些河北的戰況，燕狗在慕容霸的帶領下，已經將黃河以北青州的平原郡給攻下來，席捲了黃河以北，他正在打造渡船，準備渡過黃河。」

「哦，那鄴城有什麼情況？」唐一明急忙問道。

胡燕道：「鄴城被燕狗團團圍住，暫時得不到任何消息。不過，燕狗的大將軍慕容恪已經攻下並州，正在整頓中。段龕知道消息後，很是緊張，急忙命令人調集十萬軍隊駐守黃河沿岸。」

「還有什麼其他的消息嗎？」唐一明聽到段龕不是對付他的，鬆了口氣，問道。

「將軍，沒有了，我打聽到的就這麼多。」

「慕容恪既然平定了並州，待部隊休整過後，肯定會帶著部隊圍攻鄴城。唉，希望鄴城能夠挺住，不然的話，慕容恪的大軍一到，我拿什麼防禦他們？」唐一明陷入了沉思。

「將軍，你讓我們想佈設陷阱的點子，我們想好了，現在就告訴將軍！」黃大一臉喜悅地說道。

唐一明被黃大的話打斷了思緒，回過神來，呵呵笑道：「好！你說說，你都想了什麼好點子？」

黃大自信滿滿地說道：「將軍，我想了三個，鹿角、拒馬和鐵蒺藜。」

「鹿角？鹿角也能當陷阱嗎？」唐一明聽了，好奇地問道。

黃大連忙解釋道：「將軍，我說的鹿角不是鹿的犄角，而是鹿角，用於防禦的東西。」

唐一明傻傻地問道：「那……那……什麼是鹿角？」

黃大耐心地說明道：「鹿角是用來防止軍營遭到敵軍騎兵偷襲的器具。騎兵因速度快、靈活和殺傷力大，成為偷襲營寨的常用兵種，因此用削尖的木棒製成的木柵欄，即『鹿角』，可以有效防止敵軍騎兵的衝鋒。我們可以在山道上設下鹿角，來抵擋敵軍騎兵的進攻。將軍，你認為怎麼樣？」

原來那些圍繞著軍營的木製柵欄就是鹿角。唐一明略微思索地說：「嗯，你這個主意確實不錯。不過這樣一來，明擺地放在那裏，還叫什麼陷阱啊？」

「對啊，將軍說得不錯，你把鹿角放在路中間，敵人又不傻，他們不會放火把鹿角給燒了啊？那你辛辛苦苦弄的陷阱不是白費了嗎？」劉三吐嘈說。

黃大白了劉三一眼，忙道：「將軍，除去鹿角，我還有拒馬和鐵蒺藜呢！」

唐一明好奇地問：「拒馬和鐵蒺藜又是什麼東西？」

黃大忙道：「拒馬就是把圓木削尖，交叉固定在一起以阻止騎兵進攻，可以活動，拒馬可以埋在地下，只要有騎兵經過，埋伏的人一拉韁繩，拒馬就可以被掀起來。鐵蒺藜則有四根伸出的鐵刺，長數寸，只要一落地，肯定會有一刺朝上。將鐵蒺藜撒布在地上，可以阻滯敵軍行進，鐵蒺藜中心有孔，可以用繩串連，以便敷設和收取；除了用鐵鑄造外，也可以用竹、木、陶代替。將軍，這兩樣東西你覺得怎麼樣？」

唐一明聽了連連點頭，臉上洋溢起笑意，拍了拍黃大的肩膀，鼓勵說道：「不錯，後面這兩個是很不錯的辦法，可以推廣到全軍使用。」

「謝將軍讚賞！」黃大一聽唐一明稱讚他，向唐一明行了一個軍禮，高興地說。

劉三見唐一明誇讚黃大，便也迫不及待地說道：「將軍，將軍，我也有三樣法寶，肯定比黃大的好。」

唐一明呵呵笑道：「哦？那你快說，你有什麼法寶？」

劉三說道：「將軍，我想出的是絆馬索、投石索和弩車！」

李老四一聽，立時抗議道：「劉三！你怎麼偷我的點子？」

「誰偷你的點子了，這是我自己想出來的！」劉三理直氣壯地說道。

李老四走到劉三面前，一把揪住了劉三的衣服，罵道：「你不誠實！我想了半天才想到的辦法，你竟然都給偷了去，還敢說沒有偷？」

唐一明見兩人爭執起來，急忙抓住李老四的手，將李老四和劉三給分開，厲聲道：「不准再吵了！既然李老四的想法和劉三一樣，那就不問了。這些點子夠我們用的了，現在就付諸行動吧，準備設置陷阱。」

到了傍晚，入山的山道上都被唐一明等人安置上了陷阱，就算有胡人夜裏來偷襲，光這些東西，就夠他們忙活一夜的了。

唐一明全身都被汗淋濕了，他抬起頭，看著天空中掛著的一輪夕陽，再看看那些已經裝好的陷阱，臉上露出了開心的笑容。

「將軍！我們已經將拒馬全部裝設完畢，下一步該幹什麼？」黃大問道。

「大家都累了一天了，也該回去休息了，今天就到這裏吧。」唐一明擦了一下額頭上的汗水，下令道。

眾人回到半山腰的斷臺，那裡聚集了許多女人和少年。這些人都是白天招募來的，金勇、李蕊見唐一明帶著士兵回來，招呼道：

「將軍好！」

李蕊一臉喜悅地走到唐一明身邊，歡快地說：「老公，今天設下招募處後，才半天工夫，便招募了這麼多女兵，我們剛剛訓練完，你們就回來了。」

唐一明腦中浮現出王猛的身影，問道：「不知道軍師現在在做什麼？」

他穿過森林，見幾千人正在湖邊用鋸子將砍伐下來的木頭給鋸成兩截，湖邊升起了幾堆篝火，映著光火，許多人正在用錘子打下一根根的木樁。

王猛見唐一明走來，立即迎上前去。

「軍師，你這是在建造房屋嗎？」

王猛指著那片被砍伐的森林，對唐一明道：「這片森林剛好與斷臺相接，四周平穩，建造堡壘正合適。我準備在湖邊建造倉庫，以儲放糧食和物資。」

「咦，軍師，你從哪裡弄來這麼多鋸子啊？」

王猛回道：「這還要感謝家兄，家兄早年為了躲避亂世，藏身此山中，當時跟隨他來的還有許多百姓，那些百姓帶來了不少器具，可是好景不長，大山裏的野獸毒蛇經常出沒襲擊百姓，加上環境惡劣，許多百姓都向南投靠晉朝去了。家兄決定在此久居，便留了下來，那些百姓逃難時沒有帶走的器具，都被家兄給藏了起來，今天正好派上用場。」

「哦，原來如此。這麼說來，那我應該謝謝王大哥了。他人呢？」唐一明道。

「家兄回去收拾東西了，準備帶著全部家當來投靠主公，不知道主公是否願意收留？」

唐一明大喜，道：「王大哥立下如此大功，我又怎麼會將他拒之門外呢？王大哥可有什麼擅長的事嗎？」

「家兄學問粗淺，要說最拿手的，就是農活了。」王猛道。

「農活，嗯……現在最主要的事，除了興建房舍，開墾農田也很重要，王大哥既然擅長農事，那就讓他當個農業部長吧，軍師，你看怎麼樣？」

「農業部長？主公，你是說主管農業的官嗎？」

「對，就是主管農業的官。軍師，這裏主管農業的官職一般叫什麼？」

王凱在一旁回道：「啟稟將軍，主管農業的官職大小都有，最小的叫典農都尉，最大的叫大司農。」

「哦，那當然給他做最大的了，就讓王大哥當大司農吧，以後好好地給我搞好生產。」唐一明道。

「主公，家兄才疏學淺，大司農一職實在太過，不如就做個典農都尉吧。」王猛欠身說道。

「要做就做最大的，幹什麼從小的做起？我看你們兩個人臉上都有難色，是什麼原因？」

「將軍，大司農官職太大，屬於九卿之列；將軍是車騎將軍，在位階上要比大司農低一個等級，於理不合。」王凱忙解釋道。

王凱又道：「將軍，現今山上官職混亂，職位不明確，屬下建議該整頓一番。屬下以為，若要名正言順，必須重新劃分官職。」

「重新制定官職？嗯……軍師，你怎麼看？」

王猛道：「主公，王大人的提議非常好，主公是一山之主，有必要進行整改。現在山上有二十多萬人，如同一個大縣。除了將軍官職保持不變之外，不如其他官職都按照郡縣的官職來劃分，明確上下級，發號施令也沒有衝突。」

唐一明聽了道：「那些什麼主簿、從事的官職，不夠明確，必須是一目了然，一看就知道是管理什麼的。依我看，就暫時先劃出幾個局，比如農業局、水利局、工商局、民政局、公安局，你們以為如何？」

「主公，你說的局，是專門管理的機構嗎？」王猛尋思半天，忍不住問道。

「對，局就是專門管理的機構，好比農業局就是專門管理農業生產的；水利局就是管理水利工程的；工商局就不用說了，就是管理工業和商業的；民政局就是管理人口的；警察局則是管理治安的，等以後人多了，還可以在局下面設立分局或者所，也可以在局上面設立廳。局和局之間是平起平坐的，管理局的人叫局長，局長下面還設立副局長，以後我會系統地將這些官職的大小和職位畫出來，掛在牆上，讓你們一看就知道誰隸屬於誰了，這樣的話，官職就不會混亂了。你們覺得怎麼樣？」

「就按照主公的意思劃分吧。」王猛欣然同意道。

唐一明滿意地說：「現在天色已晚，大家也該歇息了，明天再繼續工作吧。」

回到斷臺。唐一明看到李蕊站在房門口，正在向外眺望，

「老公，你去哪裡了？讓我一陣好找！」李蕊嗔道。

唐一明道：「我找軍師去了。」

李蕊欠身向王猛施禮，道：「見過軍師！」

「軍師，來，進去一起吃吧。」唐一明說著，便將王猛拉到屋裏。

桌上放著兩碗稀飯，幾個窩窩頭，還有一盤肉。唐一明看到桌上的肉，立即變臉責備道：「老婆，這肉是哪兒來的？我不是說過了嗎，要簡單點，現在大家吃飯都是問題了，你還弄得這麼奢侈。」

李蕊見唐一明動怒，急忙跪在地上，低著頭道：「將軍請息怒，是劉三打到的野豬，特地送來。我擔心將軍身上的傷，所以想弄點好吃的給將軍補補身子，希望將軍身上的傷能儘快好起來。這事都怪我，與其他人沒有一點關係，將軍要責罰的話，就責罰我吧！」

「主公！這是屬下的一片心意，何況夫人也是為了主公著想，主公切莫辜負大夥兒的一片心意。此時雖然吃飯是個問題，可又不是沒得吃，這肉非偷非搶，是士兵們打獵打來的，夫人只是加以烹調罷了；既然都已經做了，主公就趕快吃了吧。」王猛在一旁勸道。

唐一明已經好多天沒有吃到肉了，看到跪在地上的李蕊，心中也有些不忍，便將李蕊給扶了起來，溫柔地道：「老婆，下次不管是誰送來的肉，你都不要接受。那些士兵比我要辛苦多了，他們也有不少人都受了傷，比我更需要營養，知道嗎？」

李蕊趕忙應道：「知道了將軍。」

「軍師，來，一起吃！咱們正好邊吃邊談。」唐一明一手抓著李蕊，一手牽著王猛，將兩人拉到桌前。

唐一明的右手拿著一雙長長的筷子，這種筷子比現代的筷子要長好幾倍。他用筷子夾了塊野豬肉，放在嘴裏嚼了嚼，然後緩緩說道：「我想聽聽軍師都制定了哪些法律？」

王猛回說：「主公以前訂立了七條軍法和軍規，仍可繼續沿用。只是主公只給軍隊立了法度，卻忽略了民眾。屬下以為，現在趁著民心穩定，是時候頒布一些律法了，屬下擬定了幾條，現在說給主公聽聽：第一條，凡民眾偷盜者，斬；第二條，凡逃逸者，斬；第三條，凡私自聚眾毆鬥者，斬；第四條，凡調戲婦女者，斬；第五條，凡不勞作者，斬。主公，以上五條是最基本的法則。主公以為如何？」

唐一明聽了，覺得王猛制定的這五條法律，看似簡單，卻都是精華，想了想道：「軍師這五個斬很不錯。我沒有什麼意見，只是這斬字，是不是太重了？人非聖賢孰能無過，不如改成罰吧。」

「不行！如今民心不定，屬下聽了幾位大人的彙報，咱們的糧食最多只夠維持兩個多月，現在百姓跟隨主公，只是為了有口飯吃，一旦咱們的糧食耗盡，百姓們對主公便會沒有信心，肯定會棄主公而去。有此五條法則在，可以起到威懾作用。另外，屬下也會盡力籌集糧食，開墾荒地，希望能在短短的兩個月內使民心穩定。」王猛較起了真。

唐一明道：「建造糧倉是對的，現在糧食都屯放在外，百姓每天都看到糧食在減少，若是糧倉建好，把糧食搬到倉庫裏屯放，百姓看不見糧食，自然不知道還有多少存糧，為了能有口吃的，肯定會堅持到最後的。明天就按照這五條法則去施行吧。」

王猛接著道：「主公，為了長遠打算，我們還應該加強山上的防守，訓練軍隊，修繕防禦工事，屬下建議將荒地分給百姓種植，以達到安定百姓的目的；另外，還可從中抽取賦稅，按照十中抽一的稅率，這樣才可以在泰山立足。」

「嗯，你說得非常對。不過，現階段抽稅，我看就不必了。這個時代種田是靠天吃飯吧？沒有農藥和化肥，只靠天氣來定收成，一畝地才能得多少糧食啊？百姓辛辛苦苦幾個月，咱們不費力便從中抽取百分之十的稅率，有點壓榨他們的感覺。我看不如這樣，前三年不徵收任何賦稅，百姓種出來的糧食就歸自己所有，咱們有手有腳的，可以自己種植一些田地嘛。其實，我很想實行全民皆兵的制度，戰時為兵，閒時為農。軍師，你覺得呢？」

王猛聽唐一明說起「農藥、化肥」什麼的，十分迷茫，這些東西他聽都沒有聽過，好在他很聰明，將唐一明的前後語句聯繫起來，大致猜到是幹什麼用的。

「主公，你的想法不錯。不過，咱們這裏青壯漢子太少，多是老人、女人和孩子，這些人又怎麼能上戰場呢？」

唐一明聽了，哈哈笑道：「軍師，你今天沒有看見吧，我讓金勇和李國柱招募了三萬軍隊，兩萬是女兵，一萬是童子軍，只要把他們訓練好了，照樣能上陣殺敵！胡人也有很多女人在打仗，為什麼她們行，咱們漢人的女子就不行？我一定要讓這支娘子軍成為一支精銳之師，讓那些胡人看看，我們漢人的女子也不是好欺負的。」

王猛不禁為之一震，心服口服地道：「主公，你的想法真是獨特之極，令屬下佩服不已。」

兩個人便邊談邊吃，一直到深夜才散。

第二天一大早，唐一明便帶著八百多名青壯男兵下山，讓金勇和李國柱分別訓練女兵和少年兵；王猛也早早地便帶著民夫去工地，剩餘的人則被王勇帶去開荒去了。

唐一明下了山，讓人從葫蘆谷裏牽來馬匹，尋思著怎麼對軍隊進行改制。

「將軍，他們把馬牽過來了！」黃大說道。

唐一明一看，那些馬匹幾天前還是十分肥壯的戰馬，幾天的工夫竟變得瘦弱許多，驚訝地道：「這馬怎麼瘦成這個樣子？」

牽馬匹的士兵，臉上顯得很無奈，答道：「啟稟將軍，我們每天都有餵馬，從不敢有任何懈怠。」

唐一明道：「你是負責管理這些馬匹的人嗎？」

士兵答道：「是的將軍，這些馬一向由我負責。」

唐一明問：「你叫什麼名字？」

「啟稟將軍，我叫楊元。」

「你管理的馬匹現在有多少匹？」

楊元回道：「啟稟將軍，葫蘆谷裏現在有四千六百八十二匹戰馬。」

「這麼多？嗯，那這些馬匹就交給你看管了，你就做弼馬溫（管馬的官），我再給你十幾個手下，你負責好這些馬匹。山上的草比較多，你們每天去弄點草來，好好地餵養牠們，咱們以後還要靠牠們打仗呢！」

接著，唐一明翻身上馬，然後高聲叫道：「弟兄們，前進！」

唐一明策馬而出，身後跟著八百多個騎兵，浩浩蕩蕩地駛向從濟南進入泰山的山道裏。

不一會兒，唐一明領著人馬到了昨天設置好的陷阱那裏，下馬繼續設置陷阱。從早到晚忙碌了一天，山道上的陷阱被唐一明一行人弄得更加完善了。

夕陽西下。唐一明回到山上，看著斷臺上兩萬美女們手裏都握著一根樹枝，學著金勇在比畫，練習著基本的劍法，只是那些美女的動作實在讓人不敢恭維，沒有一點嚴肅的樣子。

劍是古代兵器之一，素有「百兵之君」的美稱，特點是剛柔相濟、吞吐自如，飄灑輕快，可是這群美女俄而嬉笑，俄而扭捏，一點也沒有那種舞劍的飄逸和優美。

唐一明實在是看不下去了，徑直走到金勇面前，大聲叫道：

「停！停！」

「將軍，有什麼不對嗎？」金勇見唐一明眉頭緊皺，趕忙問道。

「金勇，要說劍法呢，你的劍術實在高超，可是你這樣自顧自地舞劍，卻沒有將劍法的精神講解出來，加上你動作又快，她們學起來會很困難的。」唐一明指出金勇教法的錯誤所在。

金勇也是一臉無奈，苦笑道：「將軍，我從來沒有教過別人舞劍，所以不知道該怎麼教好，我只能照我師父教我的方法來教她們。」

「唉！孔子不是說過嘛，要因才施教，不過，這麼多人，你要是一個一個地教也太麻煩了。眼看燕軍就要打來了，像你這樣教法，還沒有等她們學會，咱們就已經被燕軍屠殺了。先停下吧，讓她們先散了，晚上我想想辦法，明天告訴你該怎麼教她們。」

金勇當即下令讓兩萬女兵解散了。

第八章

遠景圖謀

「秦國西北是涼，雖然臣服於晉朝，
卻仍舊是個獨立的政權。這裏是燕國，這裏是魏國，
中原這片土地上，多是一些割據的小勢力。」
唐一明看到淮河以南的大片疆域上
寫著一個赫赫的大字——晉，他的心久久不能平靜。

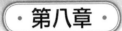

李蕊從女兵隊伍中走了出來，擦著額頭上的汗水，歡喜地道：「老公，你看我學得怎麼樣？」

唐一明笑道：「不怎麼樣，感覺像是在耍遊戲一樣。咦？怎麼只有你們？李國柱的少年隊呢？」

「李都尉帶著那幫小子爬山去了，說是鍛煉他們的體力。」金勇道。

唐一明聽了說：「你應該好好向李國柱學學，他就很會帶兵，先從體力下手，一點一點地培養。你私下向他討教討教，看看怎麼樣才能帶好這些女兵。」

「老公，軍師來了。」李蕊搖了搖唐一明的手臂說道。

唐一明轉過身子，果然看見王猛信步走來，便對金勇說：「你也累了，去休息吧。」

唐一明和王猛便進屋內詳談。

坐定後，唐一明忍不住道：「軍師，眼看日子一天一天地過去，離燕軍攻破鄴城、渡過黃河的日子也越來越近了，可山上的進展卻很緩慢，防禦工事還沒有建好，新的軍隊也沒有訓練成，百廢待舉，土地開墾出來也不能立刻長出糧食來，我真是很著急啊。」

王猛勸慰道：「主公，此事不能著急，得一點一點按部就班來，燕軍作戰雖然厲害，可是在攻城戰上卻要遜色許多，廣固城是段龕一手營造，十分的堅固，一點也不遜色於魏都鄴城，所以就算燕軍渡過黃河，要想滅掉段龕，沒有個三五個月的耗費，是決計攻打不下來的。」

唐一明說：「軍師，我想和你商量商量軍制的改革。」

王猛說：「主公，軍制也要改變嗎？」

唐一明說：「對，我想冠上軍銜，這樣的話，就可以大大提高士兵在戰場上的積極性，做到有功必賞，有過必罰，建立一支鐵的軍隊。」

「軍銜制度？是怎樣的軍銜制度？」王猛不解地問。

「軍銜是指軍隊中對不同職務的軍人授予的等級稱號，將軍人的榮譽稱號、待遇等級和職務融為一體，一般分為帥、將、校、尉、士官、士兵六等，每級再細分數級。如此可以有利於提高軍人的榮譽感和責任心，加強軍隊的組織紀律，也方便部隊的指揮與管理。」唐一明解釋說。

「嗯，這種制度一目了然，很能刺激士兵的心理，不知道軍隊體制又是怎麼樣的改法？」

「我打算根據人數的不同來劃分，最大的為軍，依次是師、團、營、連、排、班。一個軍包含三個師，一個師包含三個團，以此類推。在人數上，以一個班為基準，一個班的人數就暫定為二十個吧。軍師認為如何？」

「這種軍制屬下是第一次聽說，不過主公說得很清楚，竟然精確到人數；屬下以為，改革就要大刀闊斧的進行，屬下沒有任何異議。」王猛回道。

「呵呵，軍師，我另外還想在山上設立軍事學院，培養軍事講師，給部隊的領導人講授軍事學，也就是兵法上由軍師出任院長。除了正規軍隊外，還應該設立警政系統，保障百姓的安全和處理民事糾紛。這件事就交給軍師去處理了，就在山上選拔人才吧；內政方面一切以你做主，在官職的任命上，只要你告訴我一聲就行了，也不必先和我商議，從此以後，我訓練軍隊，你搞內政，爭取在短時間內將山上的大體設施和基本的社會系統給完善了。」

「主公放心吧，我已經想好幾個局長的人選了，王勇當農業局長，王簡當民政局長，張幹當水利局長，郎肅就當公安局長，王凱當工商局長。至於副局長嘛，現在還沒有合適的人選，等選拔出來了可用的人才，屬下再呈報給主公定奪。」

「軍師的任命就是我的任命，軍師直接讓他們做就是了。別人都有職位了，軍師卻沒有任何職位，依我看，軍師就當個縣長吧，專門管理他們，哈哈哈！」

「多謝主公，不過，這官職的任命還必須主公親自來，這才顯得莊重。」

唐一明道：「這個自然，我明天將他們幾個全部聚集起來，宣布這件事。」

陽光從窗戶透了進來，早晨的空氣洗去了屋內的沉悶。

唐一明睜開眼，看了看躺在自己臂彎中的李蕊嬌美的面容，臉上不禁揚起幸福的微笑。他忍不住輕吻了一下李蕊的臉頰，然後小心地抽出手臂，坐起身子。

「老公……」李蕊嬌聲叫道。

唐一明見李蕊的眼睛仍是閉著，知道她剛才是發出夢囈。

他下了床，穿上衣服，走出屋子，向一個士兵招手道：「你去將幾個都尉叫到這裏來，我有重要的事情宣布。」

唐一明吩咐完，轉身走到王猛的門前，敲門問道：「軍師……起來了嗎？」

「吱呀」一聲，門打開了。王猛做出一個請的手勢，道：「主公，快裏面請！」

一進門，唐一明看見房內一片狼藉，書簡、衣服散落各處，不禁說道：「我看軍師也該找個女人來照顧你的日常起居了。」

王猛不好意思地說：「昨天兄長把東西送來，我忙於各種雜事，一時還來不及收拾，讓主公見笑了。至於成家嘛……胡人未滅，景略何以為家？等驅逐了胡人之後再說吧！」

「古人說，修身、齊家、治國、平天下，軍師現在只能算是修身而已，掃滅胡人固然重要，成家也非常重要。我看軍師不如在諸美女中挑選一個，只要情投意合，然後擇日就把婚事給辦了，這樣才能安心地去治國，你說是不是？」

「主公尚未成親，屬下又怎敢逾越呢？」

「我準備辦個集體婚禮，與士兵們一起成親。軍師若是喜歡上哪個姑娘，便可去追求，等我手頭上的急事一辦妥，婚事就可以順勢辦理了。」

「主公，這事以後再說吧。這是我草擬好的告示，請主公閱覽！」王猛從桌上的書堆裏抽出一塊四方的白色布疋，遞給唐一明。

唐一明打開一看，上面寫著密密麻麻的毛筆字。他草草地看了一遍後，便將那塊布給合上，對王猛說：「軍師，等會兒我就要宣布任命了，我們走吧，他們也應該到了。」

唐一明和王猛走出來，便見黃大、王凱等人已經等候在斷臺那裏。

「參見將軍、軍師！」眾人齊聲叫道。

「嗯，我今天把你們叫來，沒有別的意思。咱們在山上已近十日，雖然打退段龕的進攻，卻只是暫時的，你們要時刻記住，咱們的身邊臥著一頭狼，一頭來自草原上的狼，為了能夠在這裏站穩腳跟，我想出了幾個方案，準備施行改制。」

「將軍，怎麼改？」李老四好奇地問道。

唐一明將他的想法說了出來，眾人聽了，臉上都是一陣迷茫。

「好了，現在我給你們逐一解釋……」

經過一番解說，眾人這才明白新的軍制和內政制度的作用和職責。

「這樣你們都聽明白了嗎？」唐一明解釋完，大聲問道。

眾人齊聲答道：「啟稟將軍，我等都聽明白了！」

「嗯，很好，下面就由軍師宣布任命狀吧，軍隊的任命，等今天劃分了單位以後再行任命。」

王猛便清了清嗓子，打開手中的布疋，宣讀道：

「敕命農業局長王勇，民政局長王簡，水利局長張幹，警察局長郎肅，工商局長王凱。以上五局為主公思量再三決定，望各局局長從今以後盡心盡力，為主公多多出力。」

王猛宣讀完畢，王勇、王凱、王簡、張幹、郎肅五人齊聲說道：「多謝將軍厚愛！」

唐一明語重心長地說道：「希望大家齊心齊力共同建設泰山，山上這些人口，足夠建立一個縣了，所以我設立了一個縣長，由軍師出任，總管五局的一切事務，以後你們如有什麼解決不了的事情，就全部稟告給軍師好了。」

「是！將軍！」五人齊聲說道。

唐一明又對王猛交代道：「軍師，山上的事由你來主持，我就帶著他們下山去了。」

王猛欠身道：「主公儘管放心，山上的事就交給我來辦吧。」

唐一明便帶著黃大等人，叫上那八百多人一起下山去。部隊在山下集結，唐一明按照人數開始劃分單位。

「新的軍制從今天起開始施行，八百個人劃分為兩營，一個班二十人，一個排六十人，一個連一百八十人，一個營五百四十人；每個單位都必須選出一正一副的長官。最大的是營長，你們中間有幾個都尉，以前都是平起平坐的，現在官職少了，你們有什麼意見沒有？」

黃大、李老四、胡燕、劉三、黃二、趙全六個人相互看了看，知道唐一明是在擔心他們因為官職的大小而鬧起來，立即向唐一明敬了一個軍禮，齊聲表態道：「一切但憑將軍任命，我等絕無怨言！」

唐一明聽了十分滿意，朗聲說道：「嗯，很好，現在開始劃分單位，分成兩列。」

唐一明話音一落，八百人迅速地分成兩列。

唐一明宣布道：「好，從今天起，咱們就叫作猛虎團，你們就是我猛虎團裏最出色的士兵。右邊的是猛虎團一營，左邊的是猛虎團二營，雖然二營的人數不同，但是以後還是會再補充進來的。我擔任你們的團長，黃大出任一營營長，李老四出任副營長；胡燕是一連連長、黃二是二連長、劉三是三連長。其餘的長官你們自己推選。番號嘛，也很簡單，就以一二三來命名，比如一營二連三排一班；二營由趙全出任營長，好了，其他長官現在開始各自推選。」

經過一陣鼎沸的討論後，一營選出所有的長官，呈報給唐一明。經過推舉，闞二牛做胡燕的連副，周雙做劉三的連副，黃二則選了一個叫郭三娃的做他的連副，其餘各排排長、副排長、班長、副班長，都一應選了出來。

唐一明看到這些被選出來的人，十分高興：「這些當選出來的軍官，以後就是軍隊裏的領導班子了，以後打仗的時候，也可以召開軍事會議，多吸收一下眾人的意見。等王猛忙完糧倉和房舍的建設，我會讓他教授兵法，提高你們的軍事素養和才能，只有不斷地學習，才能在亂世立於不敗之地。」

唐一明讓昨天冊封的弼馬溫楊元牽來八百匹戰馬，然後讓二營的人去帶工具，向山道行進。

從濟南到泰山，長長十幾里的山道，經過唐一明等人的努力，已經將陷阱裝設完畢，安置了無數拒馬、陷馬坑之類的東西。

唐一明帶著人來到了最前端的山道上，映入眼簾的卻是一個裸露著的陷馬坑，心中一怔，第一個反應就是有人越過了那堵石頭堆積的障礙。

他急忙跑過去，來到陷馬坑的邊緣，看到坑裏被木樁刺穿的不是人而是獸，他笑了。

「兄弟們，今天中午咱們有肉吃了！」唐一明轉過身子，指著落在陷馬坑裏的野獸，對後面的士兵叫道。

士兵們聽到唐一明的話，忙從山坡上朝下眺望，看到十幾頭野豬掉在陷馬坑裏。

「將軍，看來上天待我們不薄啊，知道我們一連幾天都沒有吃肉，今天特意給我們送來了。哈哈哈！」緊跟在唐一明身後的趙全道。

唐一明點點頭，喊道：「一營長，帶著你的人跟我上山；二營長，你帶十幾個人留在這裏，把那些野獸給弄出來，好好地燒烤一番，中午回來時，我要吃烤豬肉！其他的跟我走！」

唐一明領著七百多人登上坡頂，他今天帶人來，主要是為了修建碉堡，他對身後士兵說道：「兄弟們，咱們現在就幹活吧，先挖一個大坑，然後再用石頭一點一點地堆砌起來。」

「將軍，咱們要在這裏挖陷馬坑嗎？」黃大不解地問道。

唐一明搖搖頭，呵呵笑道：「不是，咱們要在這裏建一座碉堡，以後你們就知道這碉堡的妙用了！」

話音一落，他便操起手中的長戟，使勁挖出一些沙石。

掘出的沙石吸引了他的目光，他好奇地蹲下身子，用手捏了一撮沙石仔細地看了看，發出驚奇的聲音：「咦？這是……居然是石灰，太好了，這麼一來，碉堡的建造就會更加堅固了！」

「將軍，你說什麼？」黃二見唐一明手中搓著挖出來的泥沙，好奇地問道。

唐一明吩咐士兵道：「兄弟們，你們挖出來的沙石不要丟，把它們都收集起來，可以做成水泥！」

「水泥?啥叫水泥?」所有的士兵都露出困惑不解的表情。

唐一明解釋：「就是蓋房子用的一種材料，可以使磚頭或者石頭與石頭間銜接的更加牢固。你們照我的吩咐去做，挖出來的沙石都堆在一起，我再教你們做水泥。好了，現在大家都用點力，開始挖坑吧！」

經過兩個小時，山頂被被這七百多人挖出了四條深溝。一側堆著許多被挖出來的沙石，唐一明便吩咐人到四周找水源，便指揮著士兵把那些沙石變成水泥。

水泥的製作方法也很簡單，只要一些石灰石和一些黏土，再摻混一些石子之類的東西攪拌攪拌便可以了。水泥製作成功後，他命士兵到搬來石頭，填在四條深溝裏，然後在最底端的石頭上鋪上水泥，再行堆砌石頭，如此反覆進行，一個碉堡的雛形便展現了出來。

時間過得很快，唐一明帶著士兵又忙碌地度過了一天。回到家，他已經精疲力竭，躺在床上不想動了。

「老公，你試試，合腳不合腳！」李蕊手裏拿著一雙新做的鞋子，說道。

唐一明伸了個懶腰，然後坐起來，將新鞋穿上，然後向前走了兩步，挺舒服的，便道：「老婆，這鞋子很合腳，是哪來的啊？」

「這是我親自做的，只要老公合腳就行。來，把這隻鞋也給穿上吧！」

「嗯！老婆，你的手真巧。」

唐一明親了李蕊的額頭一下，情不自禁又和李蕊卿卿我我起來……

次日，又是一天忙碌，唐一明從山下回來後，剛踏進房門，便見李蕊迎過來道：「老公，你怎麼才回來，軍師都等你半天了。」

「哦，軍師人呢？」

李蕊道：「軍師等你半天不著，便回自己屋裏去了，讓我轉告你，說他有急事找你。」

唐一明來到王猛住處，門虛掩著，便徑直走了進去。見王猛和王勇面對面而坐，手裏捧著一本書，嘴唇微動，正在讀著，便問道：「軍師，你找我？」

「主公，快請坐！」王猛招呼道。

「恭迎主公！」王勇也站起身子，欠身道。

「不必多禮，都坐下吧。」唐一明打了個手勢，示意他們都坐下。

「多謝主公！」

王猛落座，便道：「主公，糧倉已經建造完畢，今日也已將糧食全部移到了糧倉內，明日屬下便可帶著人興建房屋，用不了十天時間，房屋就可建造完畢。另外，田地基本已經開墾出來了，再用三天時間清理一下雜石，然後引水灌溉，就可以落成。」

「呵呵，沒想到糧倉這麼快就建好了。軍師，等一切都建造完畢，軍師就是功不可沒的第一大功臣啊。」

「主公，要說功勞，全在幾個局長和百姓身上，要不是他們日夜辛勞的工作，只怕也不會這麼快就建成。主公，山上的事現在基本上不足為慮，倒是山下之事，主公要多多提防。鮮卑人生性野蠻狡猾，從上次敗走到今天，算來也有好幾天了，上回損失那麼多的兵馬，段龕豈能無動於衷呢？」

「軍師，你的意思是說段龕有可能偷襲？」

王猛憂心忡忡地道：「如今局勢，我們只有泰山一隅，而泰山又在段龕的勢力範圍內，段龕是絕不會允許我們在他的眼皮底下晃悠的……」

「我懂了！現在段龕是在刻意製造寧靜，是在迷惑我們，趁我們放下防備的時候，他再突然殺出，給我們來場突襲，是嗎？」

王猛點點頭，對坐在對面的王勇說道：「大哥，麻煩你將地圖取出來。」

王勇「嗯」了一聲，起身走到床邊，掀開鋪在床上的草席，從草席下面拿出一塊疊放整齊的布，將布放在桌上，展現出來的一副遼闊的古中國地圖。

地圖展開的瞬間，唐一明便驚呼起來：「哇！這地圖竟然如此的完整！」

他看到的是一幅疆域遼闊的古中國地圖，南到廣東，北到蒙古高原，東臨大海，西至狹長的西域地圖上，各郡縣重要的位置都標明出來，而且，國與國間的疆界，則用朱砂給勾勒出來。如此完整的地圖，他還是頭一次見到，將古代的中國盡收眼底。

他看到在陝西上方寫著一個大字，隱隱約約看著像「秦」字，他知道苻堅就在那塊土地上，不禁指著那片土地，輕聲問道：「軍師，這個是秦國嗎？」

「正是，關中為氐人佔據，已經建國兩年有餘。在秦國西北是涼，雖然臣服於晉朝，卻仍舊是個獨立的政權。這裏是燕國，這裏是魏國，中原這片土地上，多是一些割據的小勢力。」

唐一明聽王猛給他指出各個政權的位置所在，看到淮河以南的大片疆域上寫著一個赫赫的大字——晉，他的心久久不能平靜。

「主公，泰山三面環山，四周都是高坡懸崖，唯有這條大道可以通向外面。不過，在泰山的南側還有一條羊腸小徑，那裏也是泰山通向外面的一個道路，主公不得不防範一下。」

唐一明連連點頭，輕聲地「嗯」了一聲，雙眼盯著桌面上的地圖，淡淡地說道：「軍師放心，我一來泰山，就已經打探清楚了，南側我已經派士兵把守，只要一有動靜，不出半個時辰，這邊便會有消息了。」

「主公計畫周詳，屬下佩服。」王猛讚道。

唐一明剛進入泰山的時候，便派人將泰山的地形摸了個清楚，南側確實有一條羊腸小徑。於是，他把趙全的同鄉趙六派到那裏，領著三十個人一直駐守在那裏，只要將道路封鎖了，任誰也別想進來。

他擺擺手，呵呵笑道：「軍師過獎了，我這只是小心而已。對了軍師，你怎麼會有如此詳盡的地圖呢？」

王猛回道：「不瞞主公，屬下隱居華山的時候，曾經用計幫助過一個關中商人免受氐人的侵害，那商人為了表示謝意，便要送我金銀珠寶。我沒有要，只要了他一直收藏的晉朝建國時的地圖，之後我就用那幅地圖重新製作了一幅，以方便我瞭解天下形勢。」

「哦，原來如此。軍師的這幅地圖可比大黃祖傳的要好多了，這地圖可以不可以借我看一個晚上？」

王猛豪爽地道：「主公既然喜歡，那屬下就將這幅地圖送給主公，還望主公笑納！」

「真的？」唐一明喜出望外，道：「軍師把地圖給我了，那軍師看什麼？」

「主公莫要擔心，地圖上的一切，屬下皆已銘記於心，改日再手繪一幅便是了。」

「既然如此，那我就不客氣了，多謝軍師的禮物。」

王猛隨即道：「主公，新軍訓練得如何了？」

「唉！說起這個我就頭疼，李國柱還好點，金勇沒有帶過兵，不知道該怎麼訓練，以至於這兩天訓練了也等於沒有訓練。」唐一明話中顯得很是無奈。

王猛笑道：「主公莫急，十天後，屬下這邊也就基本完工了，到時候屬下來訓練這批女兵如何？」

唐一明感激道：「軍師，又要辛苦你了。」

王猛忙道：「為主公出力，是屬下應盡的本分，主公不必掛懷。」

唐一明聽了道：「軍師，天色不早，早點休息吧。」

「是，主公！主公也早點休息，多注意身體，千萬別操勞過度，有什麼事儘管吩咐屬下來做就是了。」

離開王猛的房間，唐一明帶著地圖回到住處。

李蕊手中捧著一本書，正在專心看著，絲毫沒有注意到唐一明回來。

唐一明很是好奇，輕手輕腳地走到李蕊身後，伸出手將李蕊抱住，輕聲道：「老婆，你在看什麼？」

李蕊放下手中的書，嫣然笑道：「老公，我等你等得無聊，正好白天從軍師那裏借來一本書，便讀了起來。老公，你回來多久了？」

唐一明故意「哼」了一聲，臉上表現出不高興的樣子，道：「我回來好久了，誰知老婆只顧著看書，一點也沒有察覺到我的存在，竟然都不理我！」

李蕊聽到唐一明這話，趕忙緊緊抱著唐一明，嬌聲道：「老公，你不要生氣嘛，都是我不好，我不該看這本書的。老公，你別生氣了，好嗎？」

唐一明轉臉為喜，道：「老婆，我是逗你的，其實我才剛回來。對了，你到底看的是什麼書，竟然看得那麼入神，我進屋你連一點察覺都沒有？」

李蕊順手拿起桌上的那本書，攤在唐一明的面前，道：「就是這本書了！」

唐一明瞅了眼封面，那幾個字他再熟悉不過了，哈哈笑了起來：「老婆，原來你在看孫子兵法啊，沒有想到你還對這書感興趣。」

李蕊嘟著嘴，緩緩說道：「老公，我家裏的人都是被胡人殺的，胡人那麼強，所以我想學習一下兵法，日後老公跟胡人打仗時，我也好幫助老公想想策略，我可不希望老公一個人受苦受累。」

唐一明聽到李蕊如此溫馨的話，將李蕊緊緊地抱在懷裏。

「老婆，來，我和你一起學，有什麼不懂的，咱們互相研究。要是咱們都搞不懂的，就去問軍師。」唐一明拿起那本孫子兵法說。

李蕊點點頭，如花般地笑了。

「我不僅要讓我老婆學，我還要讓黃大他們學，還有其他女兵，以及山上的每一個人。孫子兵法十三篇再加上孫臏的三十六計，我就不信這麼龐大的參謀團隊，打仗的時候還會輸！」唐一明心中想道。

又是晴朗的一天。唐一明穿好衣服和鞋子，將地圖攤在桌上，細細地流覽了一遍，心中記住了幾個關鍵的國家和勢力，便將地圖給合上。

今天他準備將第一座碉堡給修建完畢。從早到晚，唐一明和八百士兵忙碌著，到傍晚的時候，終於將一座四角形的碉堡給修建完畢。

這碉堡的四周都是用石頭和水泥修建而成，碉堡裏鋪上平坦的石頭地板。碉堡有三米高，高高矗立在這個小山坡上，從遠處看，猶如一座小型的城堡。

碉堡裏能同時容納下三十個人，唐一明另外留出了一道長形的射擊孔和一個瞭望台，以便戰事時，從孔中朝外放箭和瞭望。

碉堡建成後，唐一明讓所有的士兵進去參觀一番，就算是敵人來了，只要躲在碉堡裏，便能抵禦敵人的大軍攻擊。碉堡四周都夷為平地，可說不怕火燒；由於又用水泥補強，想推到這座碉堡，也很困難。

唐一明站在碉堡的周圍，對身邊的黃大說道：「大黃，你覺得怎麼樣？」

黃大讚道：「將軍，這碉堡如此的堅固，又是依山而建，進可攻，退可守，實在是最佳的防禦建築。」

唐一明笑了笑，指著身後一個個小山頭，對黃大說道：「這還不算什麼，我準備用十天的時間，在後面的那些山頭上也建碉堡，一旦有一座被攻下來，第二座、第三座也可以繼續狙擊敵人。山道兩側也要，這樣一來，每個碉堡裏只要有十個弓箭手，就可以射殺許多山道裏的敵人。」

「將軍，你的意思是說，將碉堡變成箭塔？」黃大問道。

唐一明呵呵笑道：「戰鬥的時候是箭塔，不戰鬥的時候是瞭望塔，可以遠眺敵人的動靜，然後利用烽煙或者鑼鼓來通知泰山上的大軍，這樣一來，才能確保泰山的安全性。」

黃大向著唐一明敬了一個軍禮，大聲地說道：「將軍英明！」

第九章

打虎猛男

大漢雙臂使力，將猛虎牢牢地釘在地上。
但聽喀喇一聲響，他上身的衣服背上裂開一條大縫，
露出光禿禿的背脊，肌肉虯結，甚是雄偉。
唐一明見了暗讚一聲：「果然是個勇猛無匹的漢子！」
黃二、周雙、劉三見了都吃驚不已。

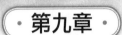

七天後。

經過七天的努力，唐一明領著八百士兵，在入山的山道兩側山頂上先後修建了六座碉堡。

說也奇怪，自從段龕上次進攻泰山失利後，便一直沒有動靜，如同銷聲匿跡了一樣。段龕越是這樣，唐一明心裏便越擔心，生怕段龕會耍什麼陰謀，所以特別加強了六個碉堡的防守能力。

唐一明對泰山西北側的防守算是佈置完畢，只要看見有敵人來襲，第一座碉堡的人便會放出狼煙，傳遞信號，通知山上的大本營。

又過了三天。王猛帶領著二十多萬人完成了山上的基礎設施的建造，糧倉、民房、兵營、校場、農田、水渠、將軍府都同時竣工。半山腰上，那片阻斷斷臺通向月牙湖的通道被打通，那片被砍伐掉的森林也變成了一排排錯落有致的房屋。

李國柱帶領著三萬新兵進行的體能訓練也已經結束，並且取得了很好的成績，女人和孩子都不再羸弱。

將軍府是王猛特地建造的一個大院，為的是突出唐一明的領導地位。

將軍府座落在建築群的最中央，在將軍府的對面是個縣衙，相對將軍府要小一點，只是辦公所需要的一個地方。將軍府則不同，將軍府有一個大院，分為前院和後院，前院議事，後院住人。

唐一明端坐在將軍府議事大廳上，下首分別坐著兩列人，一列是以黃大為首的軍官，一列是以王猛為首的行政官員。

今天本該是個值得慶祝的一天。可是唐一明卻沒有高興的感覺，每個在職的要員也都高興不起來，每個人臉上都帶著陰鬱之色，愁容滿面。

唐一明掃視眾人道：「這幾天大家都辛苦了，消耗了體力，自然是要靠吃飯來補充能量，所以糧食的銳減也是情有可原。農業局長，你一直管理糧倉，倉庫裏剩下的糧食還夠維持多久？」

農業局長王勇當即站了起來，欠身說道：「啟稟主公，如果不再進行什麼勞動的話，按照正常人的飯量，糧倉裏的糧食大概還能夠全山上的人維持一個月。」

「主公，你乾脆讓我帶著一撥人下山，我去搶點胡人的糧食回來，也好一解燃眉之急。」李老四聽了叫道。

「搶是要搶，只是不能盲目地搶。再說，也不能指望靠搶來的糧食維持那麼多人的吃飯問題吧？必須想個長遠的辦法。」唐一明眉頭緊皺道。

「最好的辦法莫過於種植糧食，不過，糧食也有生長期，不可能種下去就立刻長出糧食來。主公，山上有許多野果，也有不少野獸，不如派人在山上採集野果，圍捕野獸吧，將食物貯藏起來，以備不時之需。」王勇建議道。

唐一明聽了，搖搖頭道：「這不是長久之計，野獸再多，總有滅絕的時候，野果就算採集來，也經不起長時間的貯藏會腐爛。軍師，你說該怎麼辦？」

王猛久未發言，聽到唐一明問他，便答道：「主公，以現在的情況來看，唯有這兩個辦法，一邊搶掠胡人的糧食，一邊上山採集野果和圍捕野獸，另外還可以捕魚，挖野菜，只要現在能吃的，就先弄來吃，糧食可以先貯藏起來，以備不時之需。」

唐一明點點頭，道：「下山搶糧，一旦遇到危險，難免會有傷亡。這樣吧，我明日帶著人上山，先看看有什麼可以吃的東西沒有，要是遇到種植時間短、成長快的東西，就先種上這些東西。食草的野獸可以圍捕起來馴養，讓牠們繁殖後代，慢慢地飼養，在湖邊也可以弄個養魚場，這樣才是長久的打算，又可解燃眉之急。等忙完這些，我再帶人下山去搶些糧食來。你們認為如何？」

「主公，這個主意聽起來很不錯。明日上山就由我陪著主公吧。」劉三聽了，自告奮勇道。

「主公，我也去！」李老四也叫道。

「千萬別忘記帶上我啊，主公。」黃二不甘示弱地說。

唐一明笑道：「別爭，明日我親自挑選人跟著我去。好了，今天大家就好好地歇息一下吧。胡燕，你留下。」

「是，主公！」胡燕拱手答道。

其他人則齊聲說道：「主公，我等告退！」

大廳裏，所有的人都退了出去，只有胡燕留在原地。

「胡燕，你腿上的傷好了沒有？」唐一明關心問道。

胡燕道：「多謝主公關心，這點小傷早好了。主公讓我留下來，不知道是為了什麼事？」

「其實也沒什麼大事，這些天咱們一直在山上忙著建設，忽略了外面的情報。知彼知己才能百戰不殆，段龕這大半個月一直沒有來攻打泰山，讓我很是擔心，你帶上一個班的兵力，去泰山周圍看看，打聽打聽一下消息。」唐一明交代道。

胡燕走後，李蕊便進了大廳。

「老公，該吃飯了。」李蕊走到唐一明身邊，溫柔地說道。

唐一明點點頭，和李蕊並肩走進後院。

吃過飯，唐一明便和李蕊坐在床上，手中各自捧著一本兵書，津津有味地看起來。

這大半個月來，唐一明和李蕊一直在攻讀兵法，什麼孫子兵法、六韜等，什麼書都讀。兩人互相切磋，遇到都不懂的地方就去問王猛。總之，每夜臨睡前總要讀上一會兒兵法書。

半個多月的時間，讓唐一明長了不少見識，才知道行軍、佈陣、打仗、攻略、防守都是有學問的，就連李蕊也跟著進步許多，兩人閒暇之餘經常討論計謀的妙用，讓感情又增加不少。

映著微暗的燈光，唐一明看著手中的書，不禁打了個哈欠。

「老公，你是不是睏了？」李蕊關切地問道。

唐一明將手中的書合上，伸了個懶腰，說道：「老婆，這書看著太累了，沒有統一的字體，等以後我有能力時，一定要把所有的書籍都印刷成統一的文字，這樣一來，看著就舒服多了。」

「印刷？什麼叫印刷？」李蕊放下手中的書，茫然不解地看著唐一明。

唐一明嘿嘿一笑，將她攬在懷裏，道：「這是我的一個設想，等我們能夠在泰山立足了，我就要設立造紙廠、印刷廠、煉鋼廠、製衣廠和兵工廠，一定要讓大家過上不一樣的生活。老婆，這是咱們的秘密，你千萬別對外人說哦。」

李蕊聽了有點兒糊塗，「老公做事總是出人意料，就連想法也很獨特，不管怎麼樣，老公都是我這輩子最愛的人。」李蕊依偎在唐一明的懷裏想道。

「老公，你放心，我一定守口如瓶。」

第二天，兩萬女兵齊聚在校場中。

唐一明站在點將臺上，身後站著王猛和金勇兩個人。

唐一明看著美女如雲的校場，大聲喊道：「今天是個特殊的日子，由軍師親自訓練你們。從現在起，軍師就是你們的教官，凡事都要聽軍師的，你們聽明白了嗎？」

「明白了！」兩萬個女兵齊聲回答，發出十分高亢的聲音。

唐一明轉過身子，對王猛說道：「軍師，練兵是個苦差事，就辛苦你了。」

王猛正色道：「為主公分憂，是屬下應盡的責任。主公放心，我一定會讓這些女兵學會劍法的。」

「嗯，那就勞煩軍師多費心了。這裏就交給你，我還要上山找尋可食的植物，就先走了。」唐一明交代道。

王猛點點頭，欠身說道：「主公慢走！」

唐一明來到校場邊，對等候在那裏的黃二、劉三、王勇、周雙等人說道：「好了，咱們走吧。」

唐一明帶著這些人進入泰山的深處，一方面找尋著可以吃的食物，一方面勘探地質，找尋鐵礦和煤礦等稀缺的可用物質。

唐一明一行人一路向東，翻山越嶺，在成片的森林裏行走。連續走了一個多小時，除了看到一些稀有的樹木之外，什麼能吃的東西都沒有找到。

一路上，王勇就像神農氏一樣，親自品嘗各種樹木的枝葉。

走了一會兒，唐一明大口大口地喘著氣，喊道：「兄弟們都坐下休息，歇息一會兒再走。」

隨著唐一明的一聲令下，所有的人紛紛坐在地上，背靠著大樹歇息。

「主公，咱們走了這麼久，連個吃的都沒有找到，這是什麼破地方啊！」黃二開始抱怨起來。

唐一明嘿嘿笑道：「小黃，別著急，泰山是座寶山，在山麓上，有很多寶貴的資源，就算暫時找不到食物也別灰心，那是因為咱們不夠深入，一會兒繼續向東走，也許皇天不負有心人，咱們就能找到想要的東西呢。」

唐一明話音一落，忽然發現樹根旁邊的草叢裏長著一些蘑菇，他快步走到那些蘑菇生長的地方，哈哈笑道：「你們快來看，咱們有吃的了！」

王勇、黃二、劉三等人聽見唐一明的呼喊，急忙圍了過來。

「這是什麼？」黃二瞪大了他的獨眼，問道。

「這叫菌，是蘑菇，可以吃的，營養也不錯。」唐一明指著地上的蘑菇說道。

黃二撇了撇嘴，嫌棄地說：「主公，這東西長得那麼難看，能吃嗎？」

「當然能吃了，長得好看的都是有毒的。王勇，快把你背的筐拿來。」唐一明蹲在地上，順手摘了一朵蘑菇，喊道。

王勇應了聲，將背上背著的竹筐遞給唐一明。

唐一明接過竹筐，對大夥兒喊道：「還看什麼？快點過來採啊！」

眾人便一起蹲在地上採蘑菇，不一會兒便將附近的蘑菇給採集完。唐一明又順著蘑菇生長的地方向前找去，結果找到更多野生的蘑菇。

「沒想到上天還真是對我不薄啊，在這個節骨眼上送來這麼一大片蘑菇群，餓不死了。」唐一明高興地叫道。

「周雙、劉三、黃二，你們三個跟我繼續向東走，王勇，你記住這個地方，先把這些蘑菇帶回去。」唐一明指揮道。

王勇點點頭，道：「主公，你們在山裏要多加小心啊，這一帶常常有野獸出沒。」

黃二將手裏握著的長戟猛地插在地上，叫道：「怕什麼，有我在這兒，誰敢傷害主公？」

「還有我，我的弓箭也不是吃素的！」劉三將背上背著的弓箭亮出來，也喊道。

唐一明笑道：「不用擔心，你快回去吧，我有他們三個陪著，不礙事的。」

王勇點點頭，轉過身子，帶著二十個士兵滿載而歸。

唐一明見王勇等人走了，便對身邊的黃二、劉三、周雙說道：「走，咱們繼續朝東走，遇虎殺虎，遇狼殺狼！」

黃二、劉三、周雙三個人齊聲道：「是，主公！」

四個人繼續向前走，越向前走，越發覺進入了森林的深處，竟然有一點陰森的感覺。沿途不時聽到有野獸的叫聲，他感覺自己彷彿進了野生動物園一樣。

四個人向前走，沿途觀察是否有野生的可食植物。大約又走了一小時，四人穿過這片森林，看到了一個極大的陡坡。陡坡的周圍有許多奇形怪狀的石頭，還有一條小溪。陡坡的地勢向東綿延而去，越向東，坡度便越低，小溪也沿著陡坡向東流去。

「奇怪，怎麼地勢突然低下去了？」唐一明見這一帶的地勢向下綿延，而且越來越低，好奇地說道。

劉三看到不遠處有一個大岩石，急忙跑了過去。他站在岩石上，向著來時的路眺望，驚奇地發現他們站在一個高地的頂端。

「主公，你快來看！」劉三大喊著。

唐一明順著劉三的喊聲跑了過去，站在那塊岩石上，放眼朝來時的路望去，果然看見一片林海，在林海的盡頭可以遙遙地看見他們所在的泰山主峰。

「原來我們已經走了這麼遠，竟然不知不覺地登上高地了。」

唐一明自言自語地說道。

猛然間，陡坡下面傳來幾聲虎嘯，聲音震懾山林，嚇得森林裏的群鳥飛向天空。

「主公！有老虎！」黃二大叫了出來，雙手緊握著長戟，緊緊地盯著陡坡下面。

唐一明和劉三扭頭看到陡坡下面兩頭老虎急速從遠處奔來，老虎的後面還跟著一個手拿長叉的大漢，似乎在追逐老虎。

唐一明急忙從岩石上跳下來，對劉三喝道：「快射死這兩隻老虎！」

陡坡下面那個追逐老虎的漢子聽到唐一明的叫聲，大喊道：

「牠們是俺的，你們都別亂動！」

就見兩頭斑斕猛虎在前奔跑，後面那個大漢挺著一柄長大鐵叉急步追逐。那大漢的一聲巨吼，一點也不比虎嘯弱，讓唐一明等人聽了為之一震。

劉三滿弓待射，瞄準其中一隻老虎，問道：「主公，射不射？」

大漢在崎嶇不平的岩石上健步如飛，眼睛透著凶光，緊緊追著那兩隻在前奔跑的老虎。

唐一明眉頭緊皺，聽那個大漢剛才的叫聲，似乎很有信心殺死這兩隻老虎，便對劉三說：「待命！」

兩頭猛虎跑到陡坡下面，其中一頭回頭咆哮，向大漢撲去。大漢虎叉挺出，對準猛虎的咽喉刺去。猛虎行動便捷，一掉頭便避開了虎叉，第二頭猛虎又向那人撲去。

「小心！」唐一明看得驚心動魄，不禁大喊了出來。

那大漢身手極快，倒轉鐵叉，拍地一聲，叉柄在猛虎腰間重重打了一下。

「亂喊什麼！」那大漢大叫道。

唐一明見那大漢身手矯健，膂力過人，似乎很熟知野獸習性，猛虎尚未撲出，那大漢鐵叉又等候在虎頭必到之處。正所謂料敵機先，但要一舉刺死兩頭猛虎，看來卻也不易。

「不想此人竟然如此勇猛！」唐一明看到剛才那一幕，心中暗暗想道。

那猛虎吃痛，大吼一聲，挾著尾巴掉頭狂奔，另一頭老虎不再戀戰，跟著走了，兩隻猛虎慌不擇路，向陡坡上奔了過來。

「劉三！放箭！」唐一明見老虎向他們而來，急忙大叫起來。

「嗖！」

唐一明話音剛落，劉三手中長箭便疾飛而出，迎著其中一頭猛虎的頭部射了過去。

「啊嗚……」

劉三手中長箭正好射在老虎的眼睛裏，那老虎痛得嗷嗷直叫，大聲地咆哮了一聲。另外一隻老虎見狀，止住了前進的道路，轉身便走。

「嗖！」只聽得一聲弦響，劉三又射出一支長箭，正中剛才那隻瞎眼老虎的脖子上，一箭穿喉。

黃二、周雙二人見狀，急忙持著手中長戟跑下陡坡，趁著老虎趴在地上奄奄一息時，用長戟在老虎身上一陣亂刺，終於殺死一隻老虎。

那個大漢見到其中一隻老虎被唐一明等人殺死，臉上青筋暴起，大聲地罵道：「奶奶個熊！」

大漢提著鐵叉，朝地上吐了一口口水，迎著掉頭的那隻猛虎便衝了上去。大漢大吼一聲，當下左刺一叉，右刺一叉，一叉又一叉往老虎身上招呼。

猛虎身中數叉，更激發了凶性，露出白森森的牙齒，在半空中張開大口，伸出利爪，從空撲落。大漢側身避開，鐵叉橫戮，噗的一聲刺入猛虎的頭頸，雙手往上一抬，猛虎慘嚎一聲，翻倒在地。

大漢雙臂使力，將猛虎牢牢地釘在地上。但聽喀喇一聲響，他上身的衣服背上裂開一條大縫，露出光禿禿的背脊，肌肉虬結，甚是雄偉。

唐一明見了暗讚一聲：「果然是個勇猛無匹的漢子！」

只見那頭猛虎肚腹向天，四隻爪子凌空亂搔亂扒，過了一會兒終於不動了。黃二、周雙、劉三見了都吃驚不已，一驚之下，便站在原地，癡癡地望著那個大漢。

大漢見老虎死了，當即挺直身板，拿起鐵叉，連同那隻被插死的老虎一起放在肩膀上，並且朝地上吐了口口水，叫道：「奶奶個熊！真他娘的晦氣！」

唐一明仔細打量那個大漢，見大漢身高在一米八五左右，體格健壯，頗有虎背熊腰的模樣。大漢臉上盡露猙獰之相，兩腮和下巴上鬍鬚根根陡立。

唐一明打量完，心中不禁想道：「如此勇猛的漢子，當真是世間少有，要是為我所用，何愁不能掃平胡人？」

大漢扛起那隻死老虎，轉身便走。唐一明急忙喊道：「好漢請留步！」

大漢聽到背後有人喊叫，回頭問道：「找俺什麼事？」

唐一明忙對黃二和周雙說道：「把這隻老虎還給好漢。」

黃二、周雙用長戟抬起那隻死虎，送到大漢身邊。

唐一明徑直來到大漢面前，向大漢拜了拜，道：「好漢勇猛，天下無匹，在下十分景仰。敢問好漢姓名？」

大漢見唐一明對他畢恭畢敬的，又讓手下人歸還了那隻老虎，便將肩膀上扛著的鐵叉和老虎放在岩石上。

「俺叫陶豹，尚未請教兄弟姓名？」大漢拱手說道。

唐一明聽陶豹說出姓名，佯作吃驚的模樣，說道：「原來是鼎鼎大名的陶兄，今日一見，實是三生有幸。在下唐一明，久仰陶兄多時，不曾想咱們會在這裏遇見。」

「你知道俺？」陶豹驚異地問道。

唐一明點點頭，說道：「當然知道了，打虎英雄陶豹，這泰山上誰人不知，誰人不曉？」

唐一明朝身邊的黃二和周雙使了個眼色，兩個人便同時拱手說道：「英雄大名，如雷貫耳，今日一見，果然不同凡響。」

陶豹聽了，伸出手撓了撓頭，嘿嘿地憨笑起來，自語道：「原來俺早有了威名，俺娘泉下有知，也會瞑目了。」

唐一明心中竊笑，邀請道：「陶英雄，在下就住離此不遠，想請陶英雄到寒舍一聚，不知道陶英雄意下如何？」

陶豹擺手說道：「不行不行，俺現在可走不開，俺還要把老虎送回山洞裏。他們都兩天沒有吃東西了，今天要是再不吃的話，就會餓死的。」

「他們？這泰山上除了陶英雄之外，還有別人嗎？」唐一明好奇地問道。

陶豹指了指東邊的一座山峰，說道：「怎麼沒有？俺和俺村子裏的人都住在那邊的一個山洞裏，他們還在等著俺呢。俺就此告辭了，以後再去你家做客。」

話音一落，便從老虎身上拔出鐵叉，將兩隻老虎全部放到肩膀上，向唐一明拱手道：「唐兄，俺先走了。」

「這泰山上還有其他人，肯定是被胡人逼迫得走投無路的人，我得跟他一起去，把他們都帶到山上去。」唐一明聽說陶豹要走，心想。

「英雄且慢，我們跟你一起回去，怎麼樣？」唐一明急忙道。

陶豹臉上一喜，說：「好啊，俺正愁一個人寂寞，有你們陪伴，一路上俺也有伴了。」

「陶英雄，這隻老虎少說也有個幾十斤，你肩膀上扛著兩隻老虎，只怕太費力氣了，不如分一隻由我們幾個挑著，你覺得怎麼樣？」唐一明說。

陶豹嘿嘿一笑，大聲道：「不礙事，俺天生力氣就大，就算再來個三五隻老虎，也壓不趴俺。」

唐一明心中一怔：「我沒有看見過西楚霸王力能舉鼎，卻看見了陶豹肩扛兩虎，看來他就是那種大力士了。」

「呵呵，那就有勞陶兄在前，我們幾個緊隨其後。」唐一明朗聲說道。

陶豹爽朗地道：「嗯，咱們這就走吧，俺怕他們等不到俺，會餓壞了肚子。」

幾個人說走便走，陶豹在前面領路，唐一明、黃二、劉三、周雙四人緊隨其後。

唐一明看前面都是崎嶇不平的路，路上岩石碎礫到處都是，行走起來極為不便。陶豹走在這路上卻如履平地，健步如飛，沒走多久，便將唐一明等人遠遠地丟在後面。

黃二忍不住叫道：「陶兄弟，你慢點走啊，我們快跟不上你了。」

陶豹聽到黃二的喊聲，止住步子，回頭一看，唐一明等人離自己約莫半里路遠。

「哎呀，你們幾個怎麼走得那麼慢啊？俺已經放慢速度了，你們快點跟上來，俺在這裏等你們就是了。」陶豹著急地喊道。

劉三和唐一明並肩而行，聽到陶豹的叫聲，便小聲對唐一明說道：「主公，這漢子是什麼人啊，走起路來竟然如同飛的一樣。」

唐一明呵呵一笑，淡淡說道：「你沒有看見他打老虎那樣子嗎，在老虎面前，他絲毫沒有畏懼的表情。不僅如此，他打老虎的身手也不是一般人能有的。如此勇猛之人，天下少有啊。」

周雙此時聽到唐一明和劉三的對話，說道：「主公，此人勇猛無匹，我看我們山上的人，沒有一個能有他這種身手的，倒真是個值得敬佩的漢子。」

「嗯，我想讓他加入我們，一起打胡人。一會兒到了他旁邊，你們儘量問問他的事，知道嗎？」唐一明說。

黃二、劉三、周雙三人點了點頭。

「喂！你們快點啊，在嘀咕什麼呢？再不過來，俺可要走了！」陶豹站在前面的大岩石上，有點不耐煩地說道。

唐一明急忙答道：「英雄莫急，我們這就來了。」

「陶英雄，你家在哪裡啊？」黃二問道。

陶豹爽朗地道：「俺是泰山郡人，家住嬴縣陶家村，那你們是哪裡人？」

黃二答道：「我祖上是陳留人，後來我們全家遷到河北。」

劉三道：「我是常山真定人。」

「我家在薊城。」周雙答道。

陶豹聽完之後，便「哦」了一聲，斜眼望著唐一明問道：「你家又在哪裡？」

「我？我家離這兒十萬八千里，無論如何都回不去了，還提它幹什麼？」提到家，唐一明心中不禁有一絲惆悵，隨口答道：「我家在洛陽。」

「陶英雄，我們還要走多久？」劉三問道。

陶豹向前看了一下，道：「不遠了，再走一會兒就到啦。」

唐一明又問：「對了陶英雄，山洞裏有多少人，你們是怎麼躲進山裏的？」

陶豹嘆了口氣，緩緩說道：「十天前，俺們村子裏突然來了一大夥胡人，搶掠俺們的村子，只有俺和少數人逃了出來，其他人或者被殺，或者淪為奴隸。現在躲在山洞裏的，也就五十多個人。」

「又是胡人！」唐一明恨恨說道。

「俺已經在這山裏躲了好幾天了，俺已經和其他人商量好，等俺吃飽這頓飯，便回去把村子裏的人給救出來。」陶豹道。

唐一明問：「搶掠你們村子的有多少胡人？」

「他們來了好多人，現在就駐紮在俺們的村子裏，這些天一直在忙活著修建道路。」陶豹不經意地說。

唐一明聽了，大吃一驚，道：「你說什麼？修建道路？」

陶豹點點頭道：「是的，是俺偷偷看見的。俺們村子附近有條小河，胡人準備在那裏修建一座木橋，似乎想渡過河對岸。」

唐一明急忙問道：「河對岸通向哪裡？」

陶豹道：「那條河的對岸是一大片森林，越過那片森林便可進入泰山南側那十幾里的平地上。」

唐一明眉頭緊皺，道：「真是擔心什麼來什麼，怪不得這大半個月不見段龕的部隊來進攻，原來是想搞偷襲。如果他們成功了，一個多時辰便可殺到泰山腳下，那我所佈置的那些陷阱都成了擺設。不行，我一定得想辦法打掉這個隱患。」

「陶英雄，他們的木橋修通了嗎？」唐一明忙問。

陶豹想了想說：「前兩天，那群胡狗把木橋修到一半，結果因為木樁在水裏架設得不夠穩當，被沖斷了。現在他們在重新修建，估計三五天就能建成。」

「真是蒼天有眼啊！」唐一明不禁說：「陶英雄，你是不是很想殺胡狗？」

陶豹恨恨說道：「當然想了，連做夢都想。可是胡狗人數太多，我們的人才五十多人，人數懸殊，而且他們有武器，硬拼是拼不過他們的。所以，俺只能想辦法把人給救出來。」

「我在泰山上有軍隊，專殺胡人，又有兵器、有糧食，你願意不願意和我們一起去殺這些胡狗？」唐一明忙問。

陶豹見唐一明等人手中都有武器，便道：「你說得都是真的嗎？泰山上真的有專門打胡人的軍隊嗎？」

「當然是真的了，這就是我們的主公，車騎將軍。」黃二忙介紹道。

陶豹臉上一喜，看了看唐一明，問道：「你們有多少人？」

「二十萬人！」劉三回話。

陶豹聽了，心中一震：「有那麼多人？太好了，那俺就再也不用愁打不過胡人了。一會兒到了山洞，咱們先吃頓虎肉，吃完，俺就帶著村裏的人跟你們一起回去，參加你們的軍隊，一起打胡狗！」

唐一明心中大喜，說道：「好，那咱們快走吧。」

五個人又走了一會兒，便在陶豹的帶領下，來到一個山洞。

陶豹先扛著兩隻老虎進了山洞，山洞裏的人見陶豹扛著兩隻老虎回來，都很是歡喜。

「陶豹，你終於回來了。」一個老者從人群中擠出來，見到陶豹，原本憂愁的臉上立時便喜笑顏開。

陶豹將老虎重重地放在地上，對山洞裏的人說道：「俺打了兩隻老虎，你們趕快把老虎給燉了，咱們吃飽飯後，便去投軍去。」

「投軍？上哪裡投軍？」所有人都十分困惑。

陶豹說道：「你們聽我說，俺打老虎的時候，遇到四個軍人，他們在泰山那裏還有二十萬人，有兵器、有糧食，俺們要給村裏的人報仇，就得有武器，得吃飽飯，快燉肉，大家吃完之後去參軍。」

陶豹剛說完，山洞裏的人便看見四條漢子出現在洞口，手中都握著武器，儼然一副士兵的模樣。

陶豹趕忙介紹道：「鄉親們，這就是俺在路上碰見的，這位是將軍，咱們以後就要投靠他的軍隊，以後一起打胡狗。」

大家聽到唐一明是將軍，立刻肅然起敬，紛紛拜道：「我等草民，拜見將軍！」

唐一明急忙說道：「不用拜，不用拜，大家都是漢人，沒有這個必要。只要大家齊心協力，我相信我們一定能把胡狗給趕回老家去，還我漢人江山。」

眾人聽了唐一明這番話，都熱血澎湃，十分激動。

陶豹道：「你們也餓了吧，快坐下，一會兒咱們一起吃虎肉。吃過虎肉，俺們就跟你們回去，打胡狗。」

眾人進山洞，一陣閒聊後，虎肉便好了，大家一起美美地吃了一頓。

第十章

煉鐵成鋼

唐一明點點頭，說：

「如果將鐵煉成鋼的話，再用鋼來打造兵器和戰甲，
就可以擁有高人一等的殺傷力和防禦力，這樣的話，
不僅可以提高軍隊的戰鬥力，也可以減少軍隊的傷亡，
一舉兩得，不是很好嗎？」

吃過一頓飽飯後，山洞裏的人都跟著唐一明回到了泰山。唐一明一回到泰山，便召集所有官員，在議事廳裏商議事情。

「各位兄弟，我今天召集各位，是有很重要的事情要跟大家商量。齊王段龕如今佔領了泰山東麓的一個村子，那個村子離泰山南側十分近，中間只相隔一條小河。段龕的軍隊正在小河上架浮橋，準備越過天然障礙，從東南面偷襲我們。我打算帶兵出擊，消滅這夥胡人，你們認為怎麼樣？」唐一明大聲宣布道。

「如果不消滅這夥齊軍，只怕會給泰山召來更大的禍患。主公，我同意出擊，消滅這夥齊軍。泰山東麓的嬴縣、萊蕪縣都在泰山山脈上，多是高山丘陵，是段龕軍隊的薄弱點，不適合騎兵開展，對我們非常的有利。不過，我想代替主公出征，我到了山上寸功未立，這次正好是我立功的時候，還請主公准許。」王猛說道。

唐一明想了想，道：「好吧，這次就由軍師帶兵，軍師，山上可用的兵馬不多……」

「主公放心，屬下只需精兵八百即可！」王猛信心十足地道。

王簡總覺得有點不妥，說道：「主公，段龕的齊軍兵力甚多，屬下擔心我軍會寡不敵眾，陷入齊軍的包圍當中，懇請主公三思而行。」

「哼！就算段龕的軍隊全來了，老子也不怕！上陣打仗的是老子，我都不擔心，你們他娘的有什麼好擔心的？主公，請出擊吧，先消滅那夥胡人，再橫掃泰山東麓。屬下自從腿部受傷，一直都沒有好好地打過一次仗了，這次屬下要用長戟把那些胡人的身上捅出一萬個窟窿出來！」李老四罵罵咧咧地說道。

「老四！不許亂叫，聽主公的！」黃大急忙對李老四怒斥道。

「好了，不要吵，都聽我說！王簡說得也不無道理，不過，既然地形對我們有利，我決定主動出擊，給段龕一個出其不意，殺他個下馬威！」

「太好了！主公，我們何時出擊？」李老四興奮地道。

唐一明問：「軍師，你準備何時出擊？」

王猛道：「事不宜遲，擇日不如撞日，就今天吧！」

會議散後，王猛便帶著八百精兵帶著食物和水下了山，朝泰山東麓而去……

十天後，王猛大捷的消息傳回泰山，王猛先以八百人消滅了一萬駐守河邊的齊軍，隨後又巧設計策，殺了前來增援的段龕的長子段煥，並且智取齊軍不少糧草，掃平泰山東麓的危險，同時打壓了段龕的氣焰。

與此同時，燕軍也在黃河岸邊增加了兵力，對段龕施加壓力；段龕出於戰略考慮，暫時放棄了攻打泰山的打算。

將軍府中，唐一明聚集眾將為王猛接風洗塵，將軍府中一片歡笑，眾將都對王猛佩服不已，就連唐一明本人也自嘆不如。

在王猛離開的這十天裏，唐一明親自訓練女兵，頗有小成，使女兵成為泰山上一道獨特而美麗的風景線。為了加強實力，他下令全軍開始集訓，準備在燕軍到來之前，能夠訓練出來一支能打仗的軍隊。

這日，山上一切都在忙碌著，唐一明將周雙、關二牛、陶豹叫到將軍府，說道：「我叫你們三個來，是有任務要交給你們，不知道你們願意去做不？」

陶豹當即道：「主公，你叫俺做什麼，俺就做什麼，說吧，讓俺做什麼事？」

唐一明看了看周雙和關二牛，問道：「你們兩個呢？」

周雙答道：「主公儘管吩咐就是了。」

「周雙、陶豹，我給你們兩個人極其重要的任務，我們將來能否在這泰山上立足，就看這次任務了。」唐一明賣了個關子說道。

「主公，你到底讓俺做什麼事啊？」陶豹問道。

唐一明嘿嘿一笑，朗聲道：「周雙，你以前不是鐵匠嗎？聽說你還能探測鐵礦，對不對？」

「主公，你說得不錯，這些都是我擅長的。難道主公讓我做的事情與鐵礦有關？」周雙狐疑地道。

「哈哈，平常看你很木訥，沒想到你居然那麼聰明。咱們泰山可是一個大大的寶藏，山裏有豐富的鐵礦，我想讓你帶著人和陶豹一起去探測鐵礦。一旦探測出來，咱們就開個鐵礦場，專門挖掘鐵礦，然後熔煉成鐵，再用鐵煉成鋼，打造鋒利無比的兵器以及堅固的戰甲。」唐一明說道。

周雙當即明白過來，說道：「主公，你放心，屬下一定會為主公探測出鐵礦來。」

「不是為我，是為我們。這些時間裏，我一邊訓練新兵，一邊讓人去建造煉鋼爐，等你找到鐵礦時，咱們就可以投入使用了。之後，我會設立一個兵工廠，由你擔任廠長，怎麼樣？」

周雙心中激動不已，當即道：「屬下誓死完成主公交給屬下的任務。」

「我是讓你去探測鐵礦，又不是讓你去死。我知道，這個任務很艱巨，泰山那麼大，而且山脈綿延那麼遠，確實難為你了。所以我讓陶豹和你一起去，他十分熟悉泰山東麓山脈，一路上可以給你做嚮導。」唐一明道。

陶豹聽到這裏，恍然悟道：「哦，主公原來是讓俺給他當嚮導啊，俺還以為你是讓俺去殺胡人呢。」

「你就知道殺胡人，除了殺胡人你還知道些什麼？」唐一明忍不住調侃道。

「俺還知道吃，知道喝，俺又不是傻子，知道的東西多著呢。」陶豹不平地道。

「呵呵呵！」周雙和關二牛都不禁笑了出來。

「你們笑什麼？俺本來就不是傻子！」陶豹泛起了怒氣。

唐一明拍了拍陶豹的肩膀，說道：「好了，你和周雙明天一早帶上一個排的人，多帶點乾糧，然後進山探礦。今天你們也累了，回去休息吧。」

周雙、陶豹答道：「是，主公，屬下告退！」

關二牛見周雙和陶豹走了，便問道：「主公，你有什麼事吩咐，儘快說吧，屬下保證完成任務。」

「呵呵，二牛，你跟著胡燕有多久了？」唐一明問。

關二牛道：「回主公話，我們自小相識，燕狗佔據幽州以後，我和胡燕便從幽州逃了出來，一起從軍。」

唐一明聽了，道：「那你會鮮卑話嗎？」

關二牛臉上一窘，面帶難色道：「主公，實不相瞞，屬下就這點不如胡燕，他不管什麼語言一學就會。我除了一些簡單的鮮卑話之外，別的就不會了。」

「嗯，這也沒有什麼。胡燕訓練士兵，走不開，所以我想讓你帶著一個班的人去泰山郡周圍打探一下消息。我想知道在泰山郡周圍到底還有沒有殘留的百姓，如果有的話，咱們可以把他們帶到山上來，大家團結在一起，一起抵抗胡人。」唐一明道。

關二牛道：「主公，打探消息沒有問題，我雖然不會鮮卑話，但是打探消息還是很在行的。」

「那就好，你帶上一個班的人，將這些人散佈到泰山郡周圍，記得，要是遇到胡人，就躲起來，千萬別和他們發生衝突，知道嗎？」唐一明道。

關二牛點點頭，道：「主公放心，我一定帶回主公想要的消息。主公，你也累了一天一夜了，該休息了，屬下一有消息，便立刻差人回來報知主公，屬下告退。」

「嗯，你去吧。」

將軍府大廳裏只剩下了唐一明一個人，他現在又累又睏，唯一的想法就是睡覺。李蕊此時還在山中訓練，唐一明進了房間，倒在床上便呼呼地睡著了。

他躺在床上不知道睡了多久，迷迷糊糊中聞到一股飯菜香。唐一明睜開眼睛，看到李蕊正在準備飯食。

「老婆，現在是什麼時候？」唐一明揉了揉眼睛，問道。

李蕊溫柔地道：「老公，你已經睡了整整一天了。」

唐一明不敢相信地說道：「啊？我怎麼那麼能睡？」

李蕊呵呵笑道：「老公，你是累壞了，正好休息休息。」

「糟糕，我還要訓練士兵呢，我睡了那麼久，士兵豈不是沒有人訓練了嗎？」唐一明一拍腦袋，大叫了起來。

李蕊忙道：「老公，你別急，軍師已經代為接手了。」

唐一明聽了道：「對了，軍師……教授新兵什麼啊？」

李蕊答道：「軍師好像都沒有教，只是讓她們自己練習。」

「練什麼？」唐一明問。

李蕊道：「軍師讓她們自己練習投擲石頭，看誰投得準，投得遠。」

「這是哪門子的教授法？投擲石頭有什麼用？」唐一明心中不

解。「不行，我得趕快起來去看看。」

李蕊將洗好的衣服遞給唐一明，說道：「老公，你先吃點東西再去吧。」

唐一明點點頭，穿好衣服，洗了把臉，吃了早飯，徑直來到了校場。

唐一明聽聞王猛正在後山，便獨自一人到了後山。

後山多是陡峭的地方，亂石叢生。他到了後山，見美女們正在地上撿石頭，朝山坡下的樹林裏投去。

王猛看到她們投出的石頭後，不斷地搖搖道：「停！你們要用心去投，眼、手、心全部到位，對著樹木投過去，只有這樣才能命中目標。」

「軍師，昨天投了一天，奴家胳膊都酸了，現在一動起來就很痛，哪來的力氣去投那麼遠啊。」一個女兵嬌聲嬌氣地說道。

王猛不懂得憐香惜玉，臉上沒有一點表情，喝令道：「不要給我找理由！我已經跟你們說得很明確了，主公既然招募了你們，你們就該把身上的潛力拿出來，要是喊苦喊累，還當什麼兵？快訓練，都按照我昨天交給你們的方法來做。」

「唉！」那個女兵嘆了口氣，從地上撿起一顆小石子，然後朝對面的樹上投了過去，結果卻差強人意。

王猛看完後搖搖頭，說道：「我是怎麼教你們的？看我再給你們示範一遍！」

王猛從地上撿起一顆石子，深吸了一口氣，雙眼炯炯有神地盯著前方的一棵樹，手臂一抬，便將手中的石子給投了出去。石子飛出，徑直打在對面的樹幹上，發出一聲輕微的悶響。

「看見了嗎，要像我這樣投！只有這樣才能命中目標！」王猛喊道。

唐一明在遠處看王猛投石子的方法跟投擲棒球的動作差不多，可以說有異曲同工之妙，不禁拍拍手喊道：「好！投得好！」

王猛聽到唐一明的聲音，輕聲呼道：「主公？你怎麼來了？」

唐一明說：「我聽聞軍師在訓練女兵，所以特來看看，不想軍師投擲石頭的手法竟如此高超。」

王猛笑道：「主公過獎了，這投石的手法是我小時候練就的，讓主公見笑了。」

「小時候？軍師，你是怎麼練就這番技藝的，能否說給我聽聽？」唐一明好奇問道。

王猛不好意思地說：「其實也沒什麼，小時候我家裏窮，經常被鄰居家的狗欺負。後來，為了躲避狗的欺負，我便從地上撿小石子來驅趕狗的騷擾，久而久之，投石的手法便練得熟練了，也準確了。」

「哈哈哈，沒有想到軍師還有這樣一番遭遇啊。軍師，你現在訓練她們投石，是不是想讓她們以後成為準確的投手，用石頭來襲擊敵人啊？」唐一明問道。

王猛點點頭，道：「主公聰明，一眼便看透了。實不相瞞，如今山上一下子多了兩萬士兵，可兵器卻沒有那麼多，我只有另闢蹊徑了。這些女兵要是訓練出來，守山的時候完全可以用石頭來襲擊敵人，也算是一個防身方法。」

「軍師，我找你，就是為了兵器的事。你看這是什麼？」唐一明從身上拿出一塊舊布，遞給王猛。

王猛接過那塊布，打開一看，見布上面畫著一幅草圖，看了半天也沒有看出來是什麼名堂，便問道：「主公，你這圖上畫的是什麼？」

「這是煉鋼爐！」唐一明回道。

「煉鋼爐？」王猛一臉狐疑。

唐一明點點頭，說：「不錯，這煉鋼爐是專門用來煉鋼的，現在的兵器和盔甲多數都是用鐵打造的，不夠堅硬，也不夠鋒利；如果將鐵煉成鋼的話，再用鋼來打造兵器和戰甲，就可以擁有高人一等的殺傷力和防禦力，這樣的話，不僅可以提高軍隊的戰鬥力，也可以減少軍隊的傷亡，一舉兩得，豈不很好嗎？」

「可是主公，府庫裏只有從濟南城掠奪而來的少數鐵塊，又如何煉得成鋼呢？」王猛問。

唐一明呵呵笑道：「這個軍師大可放心，我已經讓周雙進山探測鐵礦去了，只要一探測到鐵礦，從中提煉出鐵來，然後再煉鋼，足以裝備全軍。」

王猛問道：「主公，你這個想法很好，可是煉鋼需要大量的木材來燒，難不成我們把山上的森林都給砍了不成？」

唐一明道：「這個軍師不用操心，我已經決定明天帶人進山探測煤礦，只要有煤，咱們就不用愁，也不用去砍伐樹木，可以保持煉鋼爐內的火終年不滅。」

「煤？是什麼東西？」王猛問。

唐一明忙答道：「軍師知道木炭嗎？就是那種黑黑，能燒的東西。軍師，這兩天山上的大小事務全部交給你了，順便讓王凱他們按照這幅圖紙修建一個煉鋼爐，煉鋼爐的高度和寬度，我都已經寫得很清楚，讓他們按照這個比例來建，地方就在後山好了，免得前山的居民受到污染。」

「嗯，我這一去，可能要個兩三天的時間，如果有什麼消息的話，軍師自可專權處理。」唐一明又交代道。

王猛點頭道：「主公，你放心，山上一切都有我照料著。」

唐一明便帶上一個班的兵力，領了三天的口糧，徑直入山勘探煤礦去了。

煤礦是唐一明最為熟悉的東西了，他過去就是一家煤礦的小老闆，勘探煤礦不是一次兩次了。

「此次進山，一定要找到煤礦，只有這樣，才能製造出更好的兵器來，也才能在這裏立足。」唐一明心中想道。

進山探測煤礦，說得容易，可是做起來卻相當的難。泰山山脈綿延出好多里，若要每個山溝裏面都尋找一遍，只怕一個月的時間都不夠。認識煤礦的就只有唐一明一個人，他憑著他的直覺和經驗，重點式的搜查，前兩天一無所獲。

到了第三天，唐一明的努力沒有白費，當他來到泰山南麓的一處山溝裏，腳下踩著露在外面的黑色物體時，那種喜悅之情簡直無法用言語表達。

唐一明探測到煤礦後，便留下十個人看守那裏，自己帶著另外十個人回泰山，準備發動士兵進行大規模開採。

回到泰山，唐一明前腳剛進將軍府，後腳便聽到陶豹、周雙歡喜地叫道：「主公，大喜。」

唐一明見兩人臉上開心，忙道：「是不是你們找到鐵礦了？」

周雙點點頭，一臉歡喜地說道：「主公，我們幸不辱命，在山中探尋了五天，今天終於在泰山東南麓的一處山裏找到了鐵礦。」

「哦，真是太好了，辛苦了，今天好好休息，明天你們帶人便去開採鐵礦。」唐一明歡喜地說道。

「是主公！」周雙、陶豹同時大聲道，退出了大廳。

「真是雙喜臨門啊，我找到了煤礦，他們找到了鐵礦，也不知道煉鋼爐修建得怎麼樣了？」唐一明的心中歡喜不已。

「來人啊！」唐一明高聲朝門外喊道。

從大廳外走進一個持著長戟的士兵，見到唐一明行了一個軍禮，說道：「主公有什麼吩咐？」

「你快去把軍師、王簡、王凱找來，說我有要事找他們商量。」唐一明吩咐道。

過不多時，王猛、王簡、王凱三人來到將軍府大廳。

唐一明急道：「軍師，煉鋼爐修建得怎麼樣了？」

王猛輕嘆一口氣，道：「啟稟主公，地址是選好了，可是還沒有動工……」

「什麼？還沒有動工？我都已經出去三天了，你們是怎麼辦事的？」唐一明立即質問道。

王猛窘道：「主公息怒。煉鋼爐按主公的吩咐，選在後山的一處平地上，可是在修建上卻出現了屬下解決不了的問題。以前修建糧倉和房屋都是用木頭來建造的，可是這煉鋼爐必須用黏土或者石頭修建，山上的石頭無比堅硬，難以切割，屬下一時間還沒有想到切割這些石頭的辦法，所以耽誤了工期，還望主公責罰。」

「不，主公，這事不怪軍師，是屬下無能，沒有找到建材，要罰就罰我吧。」王凱急忙站出來，道。

唐一明擺擺手道：「不礙事，不怪你們。我已經找到一處煤礦和一處鐵礦，王簡，你今天招募兩萬名百姓，要自願參加，和能吃苦耐勞有力氣的，我準備開採煤礦和鐵礦。」

王簡答道：「主公，這個不難，現在有許多人都願意為主公出力，只是沒找到能用上他們的地方。」

唐一明當即說道：「好，既然不成問題，那就儘快招募，明日一早攜帶上簡易的行李便出發。軍師，關二牛可有消息傳來？」

王猛答道：「啟稟主公，他這幾日不斷有消息回報，在兗州的泰山郡、魯郡、任城一帶以及徐州的東莞郡一帶，都有大量的難民活動，其中有不少當地大族建造塢堡，以防止遭到胡人進攻。」

「太好了，既然有遺民，那我們就可以多招募一些人一起來山上堅守，共同抵抗胡人。」唐一明興奮地道。

王猛卻說：「主公，這事恐怕沒有主公想得那麼容易，那些當地的大族建造塢堡不單是為了抵禦胡人的進攻，更主要的原因是為了割據一方。他們表面上向南方的晉朝稱臣，實際上卻暗自勾心鬥角，爭戰不斷，為的就是在亂世中佔有一席之地。」

「這些人，自己人還瞎打什麼？有這份閒心還不如團結起來一致對外，抵抗胡人。」唐一明恨恨說道。

王猛繼續說道：「據關二牛的消息，這些人當中，有一個陳氏大族佔據魯郡，是泰山以南實力最強的一個，擁有六萬民眾，帶甲之士五千多人，是個不可小覷的力量。」

「我說段龕怎麼只佔據黃河以南的青州呢，原來在南邊還有咱們漢人的力量存在啊。軍師，照這樣說，咱們就不能招募到其他的百姓了？」唐一明問道。

王猛道：「主公，名不正則言不順，要想招募更多的百姓和仁人志士的話，就必須豎立大旗，讓別人知道泰山上還有一夥人一直在抵抗胡人，這樣，就會有源源不斷的百姓前來投靠了。」

「嗯，軍師說得不錯，只是我們該豎立怎樣的一桿大旗呢？」唐一明問。

王猛回道：「現在魏國雖然還沒有滅亡，但是已經是苟延殘喘，過不了多久，魏國國都被攻破後，魏國便會滅亡。主公部下多是魏國人，魏國皇帝冉閔曾經是所有漢人的希望，在黃河兩岸的漢人中威望極高。現在冉閔已死，不如主公打著冉閔後繼者的旗號，招募流散的民眾。」

「嗯，你的意見不錯。只是這些人會來投靠咱們嗎？」唐一明懷疑地說。

王猛搖搖頭道：「難啊。這些塢堡與塢堡之間，就如同一個個割據的小勢力，要讓他們投靠，恐怕不是那麼容易。」

「這些塢堡間既然經常發生戰爭，也是為了能夠爭奪領地、糧食和人口罷了。以後若是我有了實力，派遣商隊和晉朝通商，一路上要經過許多塢堡，這些塢堡如果見到東西就搶的話，那我的商隊也無法到達晉朝，看來還是要將這些塢堡給蕩平才行。」唐一明心中想道。

「軍師，那些女兵訓練得如何了？」唐一明問道。

王猛答道：「主公，這些女兵分開訓練後，已經略有小成，每個人都能掌握一技之長，假以時日，必定能成為一支勁旅。」

唐一明哈哈笑了起來，道：「好，我要的就是這樣的一個效果。好了，你們都去忙各自的吧。」

「我等告退！」王猛、王簡、王凱同時說道。

請續看《帝王決》3 傳國玉璽

帝王決 之2 江山美人

作者：水鵬程
發行人：陳曉林
出版所：風雲時代出版股份有限公司
地址：10576台北市民生東路五段178號7樓之3
電話：(02) 2756-0949
傳真：(02) 2765-3799
執行主編：朱墨菲
美術設計：許惠芳
行銷企劃：邱琮傑、張慧卿、林安莉
業務總監：張瑋鳳

初版日期：2017年8月
初版二刷：2017年8月20日
版權授權：蔡雷平
ISBN ：978-986-352-485-4
風雲書網：http://www.eastbooks.com.tw
官方部落格：http://eastbooks.pixnet.net/blog
Facebook：http://www.facebook.com/h7560949
E-mail：h7560949@ms15.hinet.net
劃撥帳號：12043291
戶名：風雲時代出版股份有限公司

風雲發行所：33373桃園市龜山區公西村2鄰復興街304巷96號
電話：(03) 318-1378
傳真：(03) 318-1378
法律顧問：永然法律事務所 李永然律師
北辰著作權事務所 蕭雄淋律師

行政院新聞局局版台業字第3595號 營利事業統一編號22759935

定價：280元　特惠價：199 元

國家圖書館出版品預行編目資料

帝王決／水鵬程 著. -- 初版. -- 臺北市：
風雲時代，2017.07- 冊；公分

ISBN 978-986-352-485-4（第2冊；平裝）

857.7　　106009964